무채색
아저씨,

행복의
도구를
찾　다

무채색
아저씨,

행복의
도구를
찾 다

이경주
지음

나
아날로그

무채색 삶을 살던 마흔셋 직장인에게
그림 그리는 취미가 생겼습니다

2022년 1월말 현재 미국 워싱턴DC에도 여전히 코로나 19가 한창이다. 델타 변이를 지나 오미크론 변이가 우세종이 되었다. 2020년 7월 특파원으로 이곳에 도착했을 때만 해도 그림 '잘알못'을 벗어나려 쉬는 날마다 '미국 전역에 있는 모든 미술관을 다 가줄 테다!' 결심했는데 계획은 무산됐다. 여행은 도착해봐야 알고 음식은 먹어봐야 알고 인생은 닥쳐봐야 안다.

코로나19로 실내 활동이 금지됐으니 공원을 걷는 게 취미가 됐다. 집 근처 공원은 이미 몇 번씩 다 돌았고 옆 동네 공원도 대부분 섭렵했다. 올해는 이곳 워싱턴에 눈이 많이 와서 산책마저 쉽지 않을 때도 꽤 있었다. 전염병에 세상이 모두 갇혔으니, 넓은 나라라도 매한가지다. '그럼 이제 뭘 하지?' 인생에서 늘 그게 문제다.

초등학교 시절 카드 마술하는 친구를 보며 '저걸 배워야겠다' 싶었는데 끈기가 부족했다. 중학교 때는 야구부가, 고교시절에는 전자기타를 치는 친구가 부러웠다. 하지만 공부가 먼저다, 대학 가면 본때를 보여주자 하며 미뤘다. 정작 대학에 들어가서는 스키를 배우고 싶었는데 스키장은 왜 그렇게 멀리 있는지. 그렇게 허송세월을 보냈다. 구직전선에 나선 20대 후반, 입사지원서 취미를 묻는 난에 '독서'라고 썼다. 검증이 안 되니까. 직장에 들어오니 산악 동아리, 테니스 모임 등 꽤 많은 동호회가 있었는데 업무부터 제대로 하겠다며 그 기회도 날렸다.

2018년 9월 마흔세 살의 내게는 여전히 이렇다 할 취미가 없었다. 야근을 마치고 밤에 홀로 앉아 내용도 머릿속에 안 들어오는 텔레비전을 멍하니 쳐다보는 것이나, 시간을 죽이려 하는 휴대전화 오락 정도가 다였다. 일은 많아졌고, 인간관계는 복잡해졌고, 몸과 정신은 만성피로에 허덕였고, 여행도 그 순간의 여유일 뿐이었다.

두리번두리번 필사적으로 탈출구를 찾는데 아이가 미술학원에서 그렸다는 스케치북의 그림이 눈에 들어왔다. 로이 리히텐슈타인의 작품과 비슷한 화풍이었다. 그림을 그릴 때면 골몰하던 아이의 모습이 떠올랐고 고민이 시작됐다. '자네 이번에야말로 미술을 배워볼 텐가?' 나에게 물었다.

내가 고민하는 모습을 본 아내는 우물쭈물하다 또 아무 것도 못한다며 아이처럼 내 손을 끌고 화실에 갔다. 그렇게 금요일마다 동네 화실 책상에 앉아 그림의 기초부터 배웠다. 가끔은 초등학생들이 자신들과 섞여있는 내가 신기한 듯 "아저씨 재밌어요?"라고 물어왔다.

2018년 9월부터 1년간 매주 금요일마다 화실에서 꽤 많은 습작을 그렸고, 당시의 생각을 기록으로 남겼다. 연필, 목탄, 파스텔, 아크릴 물감, 수채화 물감 등을 다뤄봤고 그림으로 내 생각과 마음, 느낌 등을 표현하는 재미가 쏠쏠했다. 물론 그림 수준은 여전히 조악하지만, 내 마음에만 들면 그것으로 충분한 취미의 영역이니 업무와 달리 크게 스트레스를 받지도 않았다.

그림을 통해 나를 들여다보는 연습을 한 것은 코로나19를 맞았을 때도 힘이 됐다. 전염병의 위협에 대해 두려움은 컸지만, 원치 않던 고립을 어느 정도까지는 오롯이 나에게 집중하는 시간으로 여길 수 있었으니 말이다.

다행히 차로 30분 거리인 워싱턴DC 시내의 '내셔널 갤러리 오브 아트'가 최근 다시 문을 열면서 쉬는 날이면 들를 수 있게 됐다. 카미유 피사로의 1897년작 〈이탈리아 거리, 아침 햇빛〉 앞에서 인상주의 대가의 색감을 즐겼고, 앙리 드 툴르

즈 로트렉의 작품을 둘러보며 결국 아름다움은 꾸미는 것이 아니라 삶의 날것에서 베어 나온다고 메모지에 썼다. 미국 인상주의 화가인 존 싱어 사전트의 작품은 여행을 하다 예상치 못한 곳에서 장관을 만났을 때와 같은 기쁨이었다.

오늘은 홀로 미술관을 찾은 사람이 특히 많이 눈에 띄었다. 마스크를 쓴 채 긴 소파에 반은 눕듯이 앉아서 모네의 그림을 데생으로 스케치하는 백발 남성의 표정이 참 평온해 보였다. 사각사각 그의 연필질이 같은 박자로 울리는 스님의 목탁처럼 경건했다. 그림 실력이 뭐가 중요하겠는가. 잠시나마 일상을 잊을 수 있다면 충분한 것을.

2022년 1월 31일
버지니아주 폴스처치에서 이경주

차례

마젠타 Magenta

열정과 설렘이
되살아나다

마젠타　　　MAGENTA

열정과
설렘이
되살아나다

2018. 09. 28~2019. 03 15

작은 도화지가 흰 눈이 쌓인 광활한 벌판보다 넓다. 아무도 밟지 않은 눈밭 위를 신난 강아지처럼 무아지경으로 뛰어다닐까. 한 발짝 한 발짝 조심히 디디며 올곧은 한 줄의 족적을 남길까. 대자로 드러누워 하늘을 올려다봐도 좋겠다. 경외심과 작은 두려움이 섞인 설렘으로 스케치북의 첫 장을 마주했다.

　그림은 자유롭게 흔적을 남기는 것이라고 생각했다. 처음 배운 기본 중의 기본은 직선 긋기. 짧고 긴 직선이 수없이 모여 명암이 되고 형태에 생명이 생겼다. 그깟 선 긋기가 뭐라고 반복하고 또 반복하다 보면 잡념은 사라지고, 스트레스를 까먹고, 무엇을 하고 있는지조차 잊는다. 욕심이 지나쳐 손에 힘을 잔뜩 주다가 삐뚤빼뚤 민망한 실수를 할 때도 잦지만, 오톨도톨 도화지 표면의 작은 하얀 종이 알갱이들이 연필심을 만나 검은색으로 변할 때 마음은 더욱 평온해진다.

거리를 걷다 보면 눈길 닿는 곳마다 테두리가 도드라지고, 물체 곳곳이 덩어리져 명암으로 보인다. 세상은 참 단순하다. 알고 보면 대부분이 삼각형, 사각형, 원 모양인 것을, 왜 이리 별다르게 살고 싶은지 모르겠다.

화실에서 초등학생 옆에 앉아 무엇을 그릴지 공상하다 '열심히 배우면 나도 화가가 될 수 있나?' 하는 막연한 장래 희망을 품는다. 그리고 여전히 내 안에는 순진무구함이 남았구나 싶어 피식 웃는다. 첫 계단에 막 발을 디뎠으니 허무맹랑한 생각이지만, 꿈은 앞일을 모른 채 시작점에 선 사람의 특권이다.

마흔셋,
미술학원에 등록하다

점, 선, 면 중에 가장 중요한 게 '선'이라고 한다.

기본이란 늘 지루하지만 중요한 토대라고 되뇌면서

연필을 쥐고 선만 계속 그었다.

선이 모이고 차곡차곡 쌓이니 명암이 됐다.

"생각 없이 그을 때 가장 잘될 거예요"라는 선생님 말에

"나이를 먹을수록 가장 힘든 일이 '생각 없이'던데요"라고

속으로 조용히 대답했다.

동네 화실에 갔다. 아내가 현금인출기에서 뽑아준 15만 원을 들고. 두 달간 '미술 배울까?' 말만 하며 우물쭈물하고 있었다. 사실 말을 꺼낸 건 최근이지만 3년은 족히 그런 생각을 계속해왔다. 아내는 돈을 건네주며 11주년 결혼 선물이라고 했다. 15만 원이 아니라 결단을 내려준 게 선물일지 모른다.

이미 아들이 다니고 있는 화실이어서 뭔가 겸연쩍어 쭈뼛쭈뼛 들어갔다. 수준이 꽤 높아 보이는 그림들이 화실 내부 상단을 빙 둘러 놓여 있었다. 화폭 가득 빽빽하게 집들을 그려 넣은, 주로 파란색으로 그린 그림이 유독 눈에 띄었다. 유화인 듯했는데 색감이 시원했다.

"그림은 아예 그릴 줄 몰라요."

쑥스러운 마음에 별일 아니라는 듯 툭 내뱉었다. 그러곤 선생님의 첫마디가 무엇일지 눈치를 살폈다.

"어쭙잖게 그릴 줄 알면 오히려 가르치기가 더 힘들어요. 아예 모르는 편이 낫지요. 유화 그리고 싶으세요, 아니면 수채화요?"

유화는 물감이나 캔버스가 비싸지 않을까 잠깐 생각하다 '연필 잡는 기본도 모르는데 뭘 고르라는 거지?'라는 생각이 들었다.

답을 머뭇거리자 선생님은 내 생각을 읽기라도 한 것처럼 말했다.

"입시생이 아니라 취미로 하는 거니까, 기본 약간 배우고 바로 작품을 만들어야 재미가 붙을 거예요."

선생님 말씀을 들으며 '누구나 그림을 그릴 수 있다니 다행이다' 싶다가, '내가 정말 배울 수 있을까?' 하는 마음에 다시 한번 고민하는데 뒤따라온 아내가 나서서 학원비를 결제했다. 나 혼자 왔다면, "좀더 생각해볼게요" 하고 그냥 나왔을 게 뻔하다.

이렇게 42년하고도 4개월을 더 살고서 정식으로 그림을 배우게 됐다. 한마디로 '돈을 지불하고' 배우는 취미를 갖게 됐다. 취미에 돈을 써도 되는 건가? 어릴 때 친구와 놀던 축구나 야구처럼 그냥 즐기면 되는 것 아닌가? 여러 생각이 들었지만, 우선 한 달만 꾸준히 해보자고 결심했다.

거의 매주 주 6일 근무를 하다가 주 52시간제가 도입되어 주 2일 휴무를 보장받게 되었다. 기자라는 업무 특성상 토요일, 일요일 대신에 금요일, 토요일을 주로 쉬었는데, 그 덕에 아이가 학교에 가는 금요일 오전을 내 마음대로 쓸 수 있게 된 것이 결정에 한몫했다.

처음에는 갑자기 금요일 오전에 생긴 큰 시간의 공백을

어떻게 채워야 할지 고민이었다. 우선 그간 못한 건강 체크를 위해 병원 쇼핑을 다녔다. 자동차도 손봤다. 그러고 났더니 더 이상 할 일이 없었다. 아들도 벌써 초등학교 고학년이라 어릴 때만큼 내 손이 필요하지도 않았다.

15년 이상 회사를 다니고 보니, 주변에 노후를 준비하겠다는 선배들이 늘었다. 국민연금으로 인간답게 생활할 수 있겠냐는 하소연도 하고, 나이 들어서는 경조사비 낼 곳도 많다며 개인연금 또는 장기 적금과 펀드를 들거나, 아예 10여 년 묵혀 두겠다며 주식을 사는 경우도 있었다. 이미 은퇴한 선배 중에는 자기 사업을 시작한 분들도 있어 샌드위치 가게로 성공해 3호점을 냈다는 얘기도 들렸고, 강남에서 학원을 개업해 큰돈을 벌었다는 이야기도 전해 들었다. 그중 경기도에 사 두었던 작은 건물을 관리하게 된 한 선배는 "다들 건물주 부럽다고 하는데, 꼬박꼬박 월급 나오는 직장인에 비할 바가 아니다"라며 건물 관리의 험난한 세계에 관한 이야기를 들려주기도 했다. 그런데 신문사에서 고위직으로 은퇴하게 되어 이룰 것 다 이루었으니 아쉬울 게 없지 않을까 생각했던 한 선배가 술자리에서 "나는 일만 하다 취미 하나 못 가졌다"며 답답해했다.

"오래 사는 세상이다. 뭔가 할 게 필요해. 죽을 때까지 일할 직장이 있는 것도 아니고, 온 신경을 집중하고 재미를 느낄 취미가 필요하다. 취미를 노후에 찾겠다고 나서면 이미 늦어. 젊을 때 하나 마련해라."

그간 경제적인 노후 준비에만 온 신경을 쏟고 있었는데, 의미 있는 혹은 즐거운 노후를 보내려면 그것만으로는 부족하다는 얘기였다. 균형 잡힌 준비가 필요하다고 했고, 그 이야기에 공감하며 '나도 뭔가 배워야겠다'는 생각을 좀더 구체적으로 해보게 됐다.

사실 '취미'라는 게 거창할 필요는 없다. 잘하는 것을 고를 필요도 없고, 재능과도 무관하다. 산책이나 개 돌보기, 다양한 병뚜껑 모으기도 취미다. 인터넷에 '취미 추천'이라고만 검색해도 가죽공예, 사교댄스, 자전거 수리, 오디오 수집, 음반 수집, 그림 그리기, 곤충 기르기 등 수백 가지가 나온다. 다만, 문제는 수십 년간 경제적 사고를 익힌 직장인들은 취미를 선택할 때조차도 결국 수입으로 연결할 수 있는지에 초점을 맞춘다는 점이다.

취미가 일이 되어버리면 취미의 큰 기능 중 하나인 '삶의 도피처' 역할은 사라지기 쉽다. 가까운 예로, 많은 기자들이 취미 같은 일을 하고 싶다며 문화부를 선호한다. 그러나 실제로 공연, 미술, 영화, TV프로그램, 여행 등을 담당하다 보면, 몇 년 지나지 않아 많은 이들이 다시 다른 부서로 옮기기를 원한다. 원하는 시간에 원하는 종류의 문화를 향유하는 게 아니라 반강제적인 스케줄에 허덕이게 되기 때문이다.

『행복의 정복』을 쓴 버트런드 러셀은 강을 수집하는 것이 자신의 취미라고 했다. 배를 타거나 강가를 걸으며 흐르는 강을 눈이나 머릿속에 넣어두는 것일 테다. 그는 취미의 본질을 '사소한 일에 집중하며 경쟁에서 꽤 긴 시간 눈을 돌리게 하는 것'으로 봤다. 그럼으로써 자신의 일에 더욱 열정을 갖도록 한다는 것이다. 또 러셀은 취미를 '단조로운 삶을 견디는 능력'이라고 설명했다. 음식이나 텔레비전, 게임 같은 수동적인 자극이 아니라, 권태로움을 견디고 더 나아가 이를 즐기는 능력을 어릴 때부터 키워야 한다는 것이다.

개인적으로 어릴 때 아이에게 미술, 음악, 체육 등을 배우도록 권하는 것은 평생의 자산을 마련해주는 일이라고 생각한다. 속된 말로 성인이 돼서 취미로 뭔가를 배우면 돈이 훨씬 많이 들어서 하는 말이기도 하지만, 그보다 취미를 통해 인생이 팍팍할 때 일상을 잠시 잊고 나를 위로하면서 이해관계로 엮이지 않은 다른 이와 마음을 나누는 심리적 여유를 누릴 수 있다.

나도 어린 시절에 수없이 즐겁게 놀았던 터라 초보 수준에서 할 수 있는 것들이 많았다. 다만 온 신경을 빼앗길 정도로 즐기는 건 없었다. 자전거 타는 아들을 보며 운동을 하겠다고 내 자전거를 사기도 했지만, 고작 한철 즐겼을 뿐이다. 그런데 그림에 대해서만은 늘 흥미를 잃지 않고 동경하는 마음이 있었다. 아무리 3D·4D 영화에 컴퓨터 그래픽이 대세라 해도 2차원 평면에 표현된 그림만큼 다양하게 상상력을 자극하는 것은 없었다. 가상의 세계가 다른 사람의 상상력을 일방적으로 수용하는 쪽이라면, 그림은 내 상상력을 즐기게 해주는 쪽이었다.

이런 이유로 오히려 '언젠가 배워야지' 말만 하는 게 더 낫지 않을까 하는 생각도 했다. 실제로 그림을 배우면서 내게 별다른 재능이 없다는 사실을 깨닫는다면 꽤나 힘이 빠질 테니까. 그렇게 되면 오히려 그림에 흥미를 잃지 않을까 걱정도 됐다. 어쩌면 그냥 미술관을 찾아 작품을 관람하는 정도로만 취미를 삼는 게 낫지 않을까. 콘텐츠를 제작하는 것과 감상하는 것은 완전히 다른 영역 아닌가.

"그림은 사실 손이 아니라 머리로 그리는 거예요. 또 관찰을 잘하는 사람이 잘 그리죠. 스마트폰으로 사진도 많이 찍으시면 좋아요."

대학을 졸업한 지 15년 만에 선생님이라고 부를 사람이 생겼다. 선생님의 기초 설명이 바로 이어졌다. 점, 선, 면 중에 가장 중요한 건 '선'이란다. 연필을 쥐고 선만 계속 그었다. 기본이란 늘 지루하지만 중요한 토대라고 되뇌면서 초등학생 아들이 훨씬 먼저 지나간 길을 따랐다. 선이 모이고 차곡차곡 쌓이니 명암이 됐다.

"생각 없이 그을 때 가장 잘될 거예요."

"살수록 힘들어지는 게 '생각 없이'던데요"라고 속으로 답했다.

가로 10센티미터, 세로 5센티미터의 사각형 3개를 그리고 첫 사각형은 연하게, 다음은 중간, 마지막은 진하게 명암을 넣었다. 마지막 사각형에서 진하게 명암을 넣으려 손을 바삐 움직이다 보니, '드디어 잡념이 사라지려나?' 할 정도로 단순한 작업에 흥미가 붙었다.

"팔에 힘 빼세요. 힘 빼는 게 중요합니다."

아차! 선생님의 조언에 다시 잡념이 떠올랐다. 힘 빼는 것은 거의 모든 배움의 공통점인가 보다. 서예도 그렇고 수영도 그렇다. 심지어 골프도 그렇다. 처음에는 힘을 줄수록 힘찬 서체와 빠른 속도, 장거리 타법에 이르지만 결국은 힘을 얼마나 빼느냐가 관건이다. 어느 순간 더 나아지지 않을 때 몸에 힘이 빠지면서 그 한계를 넘어선다.

수업을 마치고 선생님은 '금요 학생'에게 선긋기를 숙제로 내주었다. 꼭 숙제를 할 필요는 없다고, 시간이 없으면 그냥 오라고 했다. 취미란 공부와 사뭇 다른 게 분명했다. 지나치게 자신을 조일 필요가 없고, 그저 산책하듯 그리면 되는가 싶었다. 하지만 성실한 직장인 본성이 어디 가겠는가. 첫날부터 과욕을 부렸다. 화실에서는 3개의 사각형을 그려 명암을 넣었으니, 집에서는 5개의 사각형을 그려 명암을 넣었다. 화실에서는 정육면체를 그려 명암을 넣었는데 집에서는 조금 더 복잡한 모형을 그렸다.

그렇다고 재미있었느냐 하면 꼭 그렇지도 않았다. 그저 지루한 과정을 빨리 넘기자는 마음이 더 컸던 것 같다. 선생님의 칭찬을 내심 기대한 것도 있다. 사실상 '내가 즐거우면 된다'는 목표가 첫날에는 무너진 셈이다. 어쩌면 마흔을 훌쩍 넘길 때까지 내가 즐거운 일을 못해봤을지도 모른다. 아마도 주위에서 기대하는 것만 하면서 살아왔기 때문에 스스로 즐기는 방법을 아예 모르는 것일 수도 있다.

첫날, 시작에 너무 의미를 두지는 말자 생각했다. 아내가 이제 자기랑 대화하자며 와인을 한 잔 들고 앞에 앉았다. 미련을 못 버리고 수십 번의 연필질을 더 하고 나서야 스케치북을 덮었다.

칭찬은 고래도, 아이도,
다 큰 어른도 춤추게 한다

선생님은 안 된다는 말을 좀처럼 하지 않는다.

안 된다고 말하는 대신에

본인이 생각하는 다른 방법을 알려줄 때는 있다.

학생의 방법이 더 훌륭하다면

있는 그대로 아낌없이 칭찬한다.

화가란 경쟁보다는 다른 사람의 생각을

그대로 인정할 수 있는 성숙함을 지닌 사람들인 걸까.

옆자리에 초등학교 4학년 아이가 앉았다. 대개는 나 혼자서 그림을 배우는데 오늘은 웬일인지 초등학생 2명이 더 있었다. 2시간 동안 꼼짝 않고 앉아 그림을 그린다며 선생님이 칭찬하는 소리가 들렸다.

"이건 뭐야? 정말 예쁜 색이다."

"여기는 형태를 정말 잘 잡았네. 도시의 거리 중에 이런 형태는 처음 보는데?"

꽤 내성적으로 보였는데 선생님의 칭찬과 관심에 그 아이는 신이 나서 지난번에 갔다는 스페인 여행 이야기를 종알종알 늘어놓았다.

선생님은 다른 아이에게도 스케치북이 꽉 차도록 그린 게 특히 좋다고 칭찬했다. 세밀한 표현력에 대해서도 언급했다. 아이는 학원이 끝났는데도 남아서 선생님에게 자기 얘기를 한참 더 늘어놓고는 문을 나섰다.

칭찬은 고래도 춤추게 한다더니, 좋은 교사는 본능적으로 아는 듯하다. 아무 때나 혹은 억지로 칭찬하는 게 아니라 소통이 필요할 때 눈에 보이는 칭찬으로 시작한다. 애들에게나 어른에게나 마찬가지다.

"그림에 이렇게 열정을 가지고 있다니, 3년 후면 작가로 이름을 날릴지도 모르겠어요."

내게는 이렇게 말했다. 물론 초보자의 조악한 실력을 감안하면, 도저히 믿기 어려운 칭찬이다. 하지만 첫날 최선을 다하겠다며 그려간 숙제의 양을 아직 줄이지 못하고 있다. 칭찬 릴레이에 페이스가 말려 틈만 나면 연필을 들게 된다. 물론 재미가 있으니 스스로 하는 짓이지만, 칭찬의 효과이자 칭찬의 압력 때문이기도 하다.

화실을 다닌 지 2개월째 접어들었는데 선생님이 화내는 것을 한 번도 보지 못했다. 사업의 일환이라 그렇다고, 화를 내면 애들이 화실을 끊을 수 있기 때문이라고 냉정하게 말할 수도 있다. 하지만 화를 내지 않는 게 천성일지도 모른다고 생각할 정도의 인내심이다. 물감을 바닥에 흘리고, 가르쳐준 대로 그리지 못하거나 그림을 망쳐도 언제나 다음을 기약한다. 한편으로는 직업 특성 때문일지도 모른다고 생각했다.

2011년 9월에 미국 경제잡지 《포브스》에 '가장 행복한 직업 10가지'라는 기사가 실렸다. 시카고 대학교의 국가연구기구가 발표한 '일반 사회조사'를 소개한 글이었다.

1. 성직자: 세상에서 가장 적은 수이지만 가장 행복해한다.
2. 소방관: 소방관 중 80퍼센트는 '다른 사람을 돕는 일'에

매우 만족한다.

3. 물리치료사: 사회적 상호 작용이 행복한 일이라고 생각하도록 돕는 것 같다.

4. 작가: 일부 베스트셀러 작가를 제외하고 작가 대부분의 급여는 터무니없이 적거나 아예 없는 경우도 있다. 그럼에도 자신의 마음을 기술할 수 있는 자율성은 행복으로 이어진다.

5. 특수교육 교사: 돈에 관심이 없다면, 특수교육 교사는 행복한 직업일 수 있다.

6. 교사: 교육 자금과 교실 환경에 대한 문제가 있지만, 직업에 만족한다.

7. 화가: 조각가와 화가는 생계를 유지하는 데 큰 어려움이 있으나 높은 만족감을 보인다.

8. 심리학자: 다른 이의 문제를 해결해주는지는 모르겠지만, 자신의 문제는 해결할 수 있었던 것 같다.

9. 금융 서비스 판매사원: 금융 서비스 판매사원 중 65퍼센트가 업무에 만족한다. 편안한 사무실에서 주 40시간 근무에 평균 연간 9만 달러 이상을 벌기 때문일까?

10. 엔지니어: 불도저, 공기 압축기 같은 거대한 장난감을 가지고 노는 게 재미있을지도.

반대로 가장 행복하지 않은 직업에는 마케팅 부서장, 변호사, 기술전문가 등이 포함됐다. 대부분이 높은 직책이거나 전문직이다. 물론 가장 행복한 직업에 비해 연봉은 월등히 높다. 그만큼 업무량도 많고 복잡하며 책임도 클 것이다.

기사에서는 직업의 행복을 결정하는 잣대로 '삶의 의미'를 꼽았다. 쉽게 말하면 남을 돕거나 좋은 영향을 끼친다고 생각할수록 행복하게 일한다는 뜻이다. 성직자, 소방관, 물리치료사, 교사, 심리학자 등은 이런 이유로 행복한 직업 리스트에 올랐을 것 같다.

화가는 아마도 '내 맘대로' 할 수 있는 자율성이 행복함의 핵심이지 않을까? 그림에 대해 좋지 않은 평가가 있기도 하겠지만, 근본적으로 자기만족이 중요하다. 만일 수익에 얽매이지 않는다면 화가가 원할 때, 즉 영감이 떠올랐을 때 붓을 들 것이다. 내적 고통을 자양분으로 작품이 탄생할 수도 있겠지만, 또는 생계 때문에 억지로 작품을 찍어내는 예술가도 있겠지만, 그럼에도 직장인에 비하면 자율성이 클 것 같다.

청년 시절, 중년은 '안정'의 상징인 줄 알았다. 어릴 때 빨리 어른이 되고 싶었던 것처럼 사회 초년생 시절에는 빠르게 중년이 되는 것도 나쁘지 않을 거라고 생각했다. 취직, 결혼, 출산 등의 통과의례를 다 마치고 심리적, 경제적으로 안정을 찾고 싶었다. 하지만 지금은 중년이란 어쩌면 단순히 어중간한 시기일지도 모른다는 생각을 한다. 평균 수명이 늘었고, 평생직장은 사라졌다. 행복하려고 열심히 일해서 돈을 벌었는데 돈만 벌다가 행복을 잃은 건 아닌지 문득 깨닫는 시기이기도 하다. 공부 기술이나 직업 기술을 배우며 사회적 도구로 성장했지만 삶을 제대로 운전할 '성숙한 인간'이 됐는지는 의문이다.

기자는 스스로 올바른 생각만 지녔다면 약자를 돕는 작은 성과를 낼 수 있는 직업이라고 믿지만, 직장 상사나 취재원, 독자들의 평가 등으로 쌓이는 스트레스도 만만치 않아 그것들을 완전히 잊을 무언가가 필요하다. 다행히 나는 그림에서 그 답을 찾았다. 게다가 직업 화가가 아니니, 취미로서 더 자유롭게, 온전히 내 맘대로 즐길 수 있다.

첫 자화상은 가장 행복한 순간을 그리고 싶었다. 언젠가 국립중앙박물관에 들렀을 때 찍었던 셀피를 그리기로 했다. '예르미타시 박물관전'에서 찍었는데 러시아 상트페테르부르크의 박물관 건물을 담은 그림 앞에 서서 찍은 사진이다.

"건물을 세밀하게 잘 그렸네요. 자신이 가지고 있는 감정도 잘 드러났어요. 많이 망쳐봐야 좋은 그림이 나와요. 아이들은 흔히 망치기 싫어 요리조리 고치곤 하는데, 망치는 걸

두려워하지 않는 게 좋아요."

　선생님은 역시 칭찬으로 말을 시작했다. 화가란 경쟁보다 그림에 드러난 다른 사람의 생각을 그대로 인정할 수 있는 성숙한 인간이라는 생각이 들었다. 덕분에 내 말문도 트여 요즘 흥미를 갖고 있는 이정진이라는 작가의 작품을 보았냐며 트위터 동영상을 내밀었다. 주한미국대사관이 미국에 영향을 끼친 한국인 4명을 소개하는 동영상인데, 그는 이중 한 명으로 등장한다. 사진을 한지에 흑백으로 인화하는 작업인데 일견 수묵화와 사진의 모호한 중간을 느낄 수 있다.

　"저도 데생을 어느 정도 하면 목탄이나 흑색 파스텔을 써보고 싶어요. 윌리엄 터너는 유화로 그렸지만 〈비, 증기, 속도 – 그레이트 웨스턴 서부행 철도〉 같은 그림도 그려보고 싶은데……."

　"이렇게 열심히 하시니 당연히 곧 해볼 수 있을 거예요."

　선생님은 안 된다는 말을 좀체 하지 않는다. 미술이란 영역이 안 되는 게 거의 없는 분야이기 때문일지도 모른다. 선생님은 안 된다는 말 대신 본인이 생각하는 더 나은 방법을 제시한다. 학생의 방법이 더 훌륭했다면 있는 그대로 칭찬한다. 자신의 경험을 뛰어넘은 방법이라는 표현도 쓴다.

　그림을 그리며 느낀 칭찬의 효과 중에 단연 최고는 기본

처음 그린 자화상

기를 익히는 지루한 시간을 견디도록 해준다는 것이다. 사실 미술, 운동, 직업 모두 처음에 좋은 습관을 들이는 게 중요하다. 유명한 테니스 선수가 백핸드 발리를 하는 것, 기름을 두른 웍(중국식 팬)을 손목 스냅으로 흔들며 채소 볶음에 불맛을 입히는 것, 직장 상사가 큰 계약 협상에 나서 성공시키는 것 등 모두가 쉽게 해내는 일처럼 보이지만, 결국은 그들도 지루한 시간을 반복하고 또 반복한 결과, 다양한 변수를 통제할 수 있는 수준에 도달했겠지 싶다.

골프를 처음 시작할 때도 그랬다. 100번을 휘둘러 단 한 번 제대로 공을 때렸을 뿐인데, 주위에서 '신동'이라고 불러줬다. 연습을 조금 더 하면 선수가 되겠다며 부추겼고, 그 맛에 지루한 똑딱이(스윙을 같은 자세로 반복해 연습하는 것)를 넘어설 수 있었다. 은퇴 후 골프를 배우던 유명 야구선수가 한 방송에 나와 이런 말을 했다. "시속 150킬로미터로 날아오는 공도 홈런으로 넘겼는데 가만히 있는 공을 때리기가 왜 이리 힘든지 모르겠다."

결국 같은 동작을 수천 번, 수만 번 하고 나서야 어떤 지형에 공이 놓여 있어도 평정심을 잃지 않은 스윙이 나온다.

한편 칭찬은 창의력도 불러일으킨다. 선생님의 칭찬을 듣다 보면 미술이란 그 어떤 것을 해도 괜찮다는 생각이 든다.

그러니 나는 내 생각을 그림으로 구현할 방법을 신이 나서 선생님에게 설명하게 된다. 선생님은 언제나 틀렸다고 말하지 않는다. 그저 그 생각을 구현할 방법을 함께 고민해주고, 자신의 경험을 예로 제시할 뿐이다.

사실 창의력이 구현되는 모습도 사람마다 제각각이다. 뇌물리학을 연구하는 카이스트 정재승 교수의 저서 『열두 발자국』에는 창조성에 대한 재미있는 설명이 나온다.

"보통 20세기 천재의 아이콘으로 아인슈타인과 피카소를 언급합니다. 이 둘은 완전히 다른 방식으로 살았어요. 아인슈타인은 평생 발표한 논문이 23편입니다. 논문 편수로만 본다면 무능한 과학자죠. 하지만 그의 논문 23편 중 노벨상을 받을 만한 게 6편입니다. 세상에 내놓은 것이 많지 않지만 하나하나 내놓을 때마다 심사숙고하고 집요하게 물고 늘어져 걸출한 논문을 쓴 거죠. 하지만 피카소는 손대지 않은 미술 장르가 없었습니다. 그가 남긴 작품 수는 4,000점이 넘는다고 하는데, 비평가들이 냉정하게 평가해 피카소의 이름에 걸맞은 작품이라고 선정한 것은 40점 정도라고 합니다. 1퍼센트밖에 안 되죠. 그런데 그 40점이 아주 훌륭한 거죠."

- 정재승, 『열두 발자국』, 어크로스, 388쪽

정재승 교수가 말하는 창의력을 높이는 방법은 다른 관점에서 문제를 바라보는 사람들과 자주 지적인 대화를 나누거나 강연 등을 통해 모르는 분야의 정보를 얻는 것이다. 쉽게 말하면 나와 연관 없어 보이는 것들을 접하면 된다. 선생님이 이런 것까지 의도하고 칭찬을 하는지는 모르겠지만, 수많은 학생을 가르치면서 생각의 범주를 제한하지 않으려는 성향이 생겼을 거라고 짐작한다.

자화상을 다 그리고 난 뒤 지난 주에 마치지 못한 할머니 그림에 명암을 넣고 완성했다.

"이전에 보지 못했던 중요한 선들을 캐치했네요? 이 부분만 약간 수정하면 좋을 것 같아요. 정말 빠른 발전이에요."

내가 명암이 어렵다고 했던 말 때문인지 선생님은 명암이 4단계로 극명하게 나뉜 사진을 그려보라고 했다. 30분간의 스케치를 끝내고 완전하게 망쳤다고 확신했다.

"얼굴 각도가 약간 틀리긴 한데 조금만 바꾸면 돼요. 금방 스케치 실력이 늘고 있어요."

선생님은 약간 만진다면서 전체를 거의 다시 그렸다. 아직까지 내 실력은 터무니없는 칭찬으로 버텨야 하는 수준이었던 것이다.

아내를 그리며
결혼생활에 대해 생각하다

"머리에는 엔젤링이라는 게 있어요."

선생님이 머리카락 중간 부분을 지우기 시작했다.

지우개를 받아들고 마저 지우면서

아내의 분위기가 사뭇 나와 닮았다고는 생각을 했다.

내가 그린 아내의 모습이어서 그런 걸까?

아니면 13년간 함께 지내며 정말로 닮게 된 걸까.

"아내를 한번 그려보려고요. 괜히 긴장되네요."

"그대로 그리기만 하는 거라면 사진이 낫죠. 표정과 분위기를 잡아내셔야 해요."

선생님과 짧은 대화를 마치고 연필을 들었다. 데생으로 그릴 참이었다. 옛날 영화에 기타 잘 치는 복학생 오빠가 이젤 위에 놓인 스케치북에 끄적거리듯 '초상화는 역시 연필이지!'라고 생각했다. 지난 몇 주간 선생님께 부탁해 인물 데생을 집중적으로 연습했는데, 사실 언젠가 아내를 그려봐야겠다는 마음이 있어서 그랬다.

선생님은 가장 어려운 게 사람 얼굴 그리기라고 했다. 우선은 피사체를 감정이 없는 돌덩이로 보고 형태를 그려내야 하는 데다 그 수준을 넘어서면 그 사람만이 지닌 특징적인 분위기를 담아내야 하기 때문이다. 작은 실수로 뭉툭코가 되기도 하고 벌에 쏘인 것처럼 부푼 입술로 변하기도 한다. 쌍꺼풀을 조금만 진하게 그려도 마녀와 비슷한 눈매로 변한다.

휴대전화에서 가장 마음에 드는 아내 사진 한 장을 골라두었다. 머리를 묶고 턱을 괸 채 옆을 바라보는 모습인데, 늘 내 머릿속에 각인돼 있는 아내 특유의 분위기를 잘 보여주는 사진이다.

흔히 결혼은 평생 나누는 긴 대화라고 한다. 차분하고 즐거우며 행복한 대화만 나눌 수 있다면 더할 나위 없이 좋겠지만, 목소리를 높이고 고집을 꺾지 않으며 상대를 비난하는 순간들도 분명히 있다. 신혼 때 한참 싸우다 화를 이기지 못해 냉장고에서 맥주 한 캔 집어 들고 밤 11시쯤에 놀이터로 나간 적이 있었다. 근데 벤치는 물론이고 시소, 그네 어디에도 앉을 자리가 없었다. 다들 부부 싸움을 하고 나왔는지, 동네 남자들이 서로 간에 정서적 거리가 필요하듯 멀찌감치 한 명씩 앉아서 담배를 피우거나 먼 산을 바라보며 시간을 보내고 있었다. 고백하자면 붐비는 놀이터를 피해 술집에 갔다가 일면식도 없는 남자 셋이 뭉쳐서 동변상련을 나눠본 경험도 있다.

누구나 비슷하게 사는 부분이 있다는 의미다. 물론 다음 날 혹은 며칠 후에는 언제 그랬냐며 부부가 도란도란 이야기를 나누며 다정한 모습으로 출근을 한다. 결혼은 적당한 짝을 찾는 게 아니라 적당한 짝이 되는 데 있다는 격언은 괜한 얘기가 아니다.

내가 그린 아내의 얼굴은 뭔가를 골똘히 생각할 때 짓는 표정을 하고 있다. 수다쟁이 남편인 나와는 반대로 아내는 말이 워낙 없는 편이다. 내가 말을 하면서 생각을 정리하는 유형이라면 아내는 생각을 정리한 후에야 말을 하는 편이다.

골똘히 생각에 잠긴 아내의 모습

그래서 불만을 제기할 때면 그 무게의 압박감이 상당하다. 아마도 오래 고민하고 건네는 것일 테니 말이다.

주위 사람들과 얘기를 나누다보면 '마마보이'와 '드센 여자'라는 표현에 상처를 받는 사람들이 꽤 많다. 사실 맞는 말이어서 더 화가 나는지도 모른다. 누구에게나 적용되지는 않겠지만 가정, 학교, 사회의 규칙을 따라온 통상의 남자라면 어릴 때부터 엄마의 세밀한 보살핌을 받으면서도 사내로서 당당한 모습을 동시에 요구받는다. 사실 당당함은 무한한 보살핌보다는 거친 경험에서 나오는 경우가 많으니 이율배반적이다. 게다가 군대는 복종의 기술을 가르친다. 결과적으로 보살핌을 받으면서 복종하는 데 익숙하지만 겉으로는 당당한, 한마디로 요약하자면 별거 아닌 일도 당당히 인정받고자 하는 독특한 특질이 생기는 것 같다.

어제 누군가 켜 놓은 화장실 불을 내가 _끄고_ 잔 것 아느냐, 며칠 두고 먹어야 하니까 특별히 안 익은 바나나를 사 왔다고 밝히는 등의 유치한 인정을 부인에게도 받고자 하는 것 역시 이런 이유일 수 있다. 신혼 때야 부인도 맞장구를 쳐주겠지만 혹시 부인의 성격이 귀찮은 것을 싫어한다면 곧바로 빈정 상해하거나 다툼으로 번질 가능성도 있다.

반대로 오늘날의 여성은 이전에 비해 학업의 기회를 충분히 받았고, 엄마처럼 살지 말라는 말도 수없이 들으며 자란 세대다. 하지만 당당하게 남자한테 기죽을 필요 없이 사회에 진출했음에도 사회는 아직 새로운 세대를 받아들일 준비가 돼 있지 않았다. 많은 경우 전 세대보다는 나아졌어도 여전히 관습적 차별에 적당히 눈 감는 법을 배우고, 어쩔 수 없는 상황을 견뎌내야 하는 불일치도 겪었을 것이다. 그래서 어느 정도까지는 충분히 참지만 마지노선을 건드리면 용수철처럼 튀어 오르는 성향을 갖게 될 수도 있다.

남편이 생각 없이 아내의 영역을 조금씩 침범하면서 '별 문제가 없네' 안심하다 아내의 마지노선을 건드리고는 화들짝 놀라는 것도 사회적 배경과 아예 무관하지는 않을 것 같다. 물론 개인마다 성향은 모두 다르고 위에서 언급한 사례에서 남녀가 바뀐 부부도 있을 것이다.

부부란 어떻게 살아야 하나 싶어 유명하다는 강연들을 동영상으로 찾아보곤 하는데, 공통적으로 가장 좋은 방법은 대화라고 했다. 우리 부부도 매일 30분간 심야 산책을 하면서 대화를 나누는 걸 의무제로 만든 적이 있다. 둘 다 기자로 일하며 야근이 많고, 저녁 취재 약속도 많았다. 대화 부족이 많은 문제의 원인이라는 데 동의했다. 싸워도 좋고 아예 말이 없어도 된다. 심지어 5분간 싸우다 포기하고 돌아와도 된다.

옛 어른들이 '부부는 무슨 일이 있어도 한 이불을 덮고 자야 한다'고 했던 것도 비슷한 의미였을 것이다.

다음 단계는 인정이었다. 그 누구도 나를 완벽히 이해할 수는 없다. 두 사람이 기찻길의 두 레일처럼 평행선이고, 게다가 그 평행선이 영원히 계속될 것 같다면 고개를 들어 먼 곳을 보면 된다. 그런 시선으로 보면 만나지 않는 기찻길은 없다. 게다가 두 레일은 이미 충분히 가깝다. 결혼은 둘 중 한 명이 레일에서 멀어지지 않도록 서로의 손을 잡고 호흡을 맞추며 나아가는 여정일지도 모른다. 좋은 책의 가장 앞장과 뒷장처럼 늘 그 정도의 가까운 거리를 유지하도록 관리하는 게 좋다. 완전한 동체(同體)는 없으니 과한 책임감으로 혼연일체의 환상을 꿈꾸지 않아도 되고, 반대로 상대가 멀어지는 듯할 때는 관심의 크기를 키워야 한다.

신혼 때처럼 열정적으로 산다면 우리 일생은 40세에 막을 내릴지 모른다. 지나보면 좌충우돌하는 열정과 정열만으로 보낸 시간이기 쉽다. 남들 말처럼 3년이면 신혼생활의 유통기한이 끝날 가능성이 높다. 하지만 3년이 지나야 부부의 사랑이 무언지 알 수 있다. 어떻게 한 사람과 평생을 살 수 있는 걸까? 그건 변함없는 사람이어서가 아니라 오히려 누구든 사람은 변하고 서로 맞춰가거나 혹은 자신만의 특질을 지키며 변화무쌍하기 때문이다. 그저 상대를 있는 그대로 바라보면 되고, 나를 있는 그대로 인정하면 된다. 적어도 부부란 거대한 세상에 무슨 일이 있어도 내편인 유일한 사람일지 모른다. 수십 편의 스쳐 지나간 동영상들이 공통적으로 말한 것을 정리하자면 그렇단 얘기다.

"머리에는 엔젤링이라는 게 있어요. 빛이 반사돼 반짝이는 부분인데 마치 하얀 띠처럼 보이지요."

선생님이 지우개를 들고 머리카락 중간 부분을 이곳저곳 지우기 시작했다. 지우개를 받아들고 마저 지우면서 아내의 분위기가 사뭇 나와 닮았다는 생각을 했다. 내가 그림을 그려서 그런 건지, 아니면 결혼을 하고 13년간 함께 지내면서 변한 건지 알 수 없었다.

사실 부부간에는 엔젤링처럼 간과하기 쉽지만 좋은 모습이 생각보다 많을지 모른다. 김창옥 대표의 강연 동영상을 보던 때였다. 한 중년 여성이 남편에게 못마땅한 게 너무 많고 소통의 의지가 없다고 하소연을 하면서 어떻게 해야 하냐고 질문했다. 김 대표의 답변은 이런 맥락이었다.

'당신의 남편이 지금 당신 옆에 앉아 있지 않냐. 남자가 여성만 수백명이 모여 듣는 이런 강연에 오는 것만 해도 대단하다. 아침 일찍 천안에서 일어나 부인이 원한다고 서울까지

와서 내 강연을 듣고 있다.'

여성은 '하라는 건 하는데 하라는 것만 한다고, 답답하다고' 반론을 제기했다. 김 대표는 '우리 누나에게 소개해주고 싶은 남자'라고 했다. 김 대표는 그 여성에게 당신이 너무 화나 있는 그 불만을 조금만 지우고 보면 당신의 남편은 천사라고 말하고 싶었는지도 모르겠다.

10년이 지나면 이혼율이 확 떨어진다는 한 여자 선배의 설명이 떠올랐다. "당연한 거 아니야? 10년이나 교육시켜서 이제 제 구실할 수 있게 만들었는데 다른 여자랑 살겠다니, 누가 놓아 주겠어"라고 농담 섞어 얘기했지만, 아마도 그 부부는 10년간 많은 일들을 함께 겪어왔을 것이다. 비가 온 후 땅이 굳는, 그런 일들 말이다.

내침 김에 2017년 이혼통계를 찾아봤다. 결혼한 지 4년까지 이혼하는 사람은 전체 중에 22.4퍼센트였고, 5~9년차는 19.3퍼센트였다. 10~14년차에는 14퍼센트로 크게 떨어졌고, 15~19년차에는 13.1퍼센트로 더 줄었다. 황혼이혼(20년차 이상)이 31.2퍼센트로 가장 높지만, 시대적 배경 등으로 같은 틀에서 분석하기는 곤란한 부분이 있다.

다만, 자신만의 환타지가 없다면 결혼은 너무 메마를지 모른다. 개인적으로는 10년 전엔가 봤던 〈나를 책임져, 알피〉

라는 영화의 한 부분을 되새길 때가 있다. 영화 자체에는 큰 매력을 못 느꼈지만 화장실에서 노인이 주인공(주드 로)에게 이렇게 말했다.

"인생에서 중요한 건 두 가지야. 사랑하는 사람을 찾아. 그리고 인생의 마지막 날처럼 살아."

수채화의 본질은 물,
삶의 본질은 단순함

내가 생각하는 일상의 본질이란,

호크니의 <예술가의 초상> 같은 것이다.

한마디로 '덜 복잡함', 적당하게 단순하고 세밀하다.

'적당함'의 애매한 정도는 그의 주관에서 나온 깨달음.

부자연스럽지 않지만 아주 자연스럽지도 않다.

덜 복잡하고 덜 단순하며,

무언가 빠진 듯하지만 그릴 건 다 그렸다.

수채화는 '물의 예술'이다. 물 수(水)가 들어가는 단어이므로 당연히 물이 주인공임을 알 수 있고, 초등학교 때부터 미술시간에 그림을 그리며 물을 물감에 얼마나 섞느냐에 따라 그림이 크게 변하는 것을 알았는데도 수채화는 늘 '색의 예술'이라고만 생각했다. 꽤나 이상한 일이다.

초등학교 시절, 수채화 그리기 숙제를 밤새 끝내고 아침에 일어나면 도화지가 흡수한 물이 마르면서 심하게 울었다. 그 변한 모습이 흡사 산맥 같았다. 평면화를 그린 건지 종이로 조각을 한 건지 알 수 없었다. 그럼에도 마흔이 넘어서까지 수채화를 그릴 때 물을 과하게 쓰면 안 된다는 사실을 알아차리지 못했다.

틀린 부분을 고치려 수없이 붓질을 하다가 물에 과하게 젖은 종이가 찢어질 때면 운이 없다고만 생각했다. 덧칠은 물감뿐 아니라 물도 추가하는 건데 그저 색을 칠하는 거라고만 여겼다. 얇은 스케치북이 찢어지면 종이 뒤에 접착테이프를 붙여 임시방편으로 그림을 이어 붙이곤 했지만 물이 원인이라는 생각은 하지 못했다. 언제나 가장 먼저 신경 써야 하는 건 그림의 형태를 잡는 스케치요, 둘째는 색을 신중히 고르는 일이었다. 그리고 붓질이 선 밖으로 삐져나가지 못하게 하는 데 온 신경을 집중했다. 한순간의 집중 부족이나 예상치 못한 손 떨림 증세, 동생의 기침 소리에 붓질이 어긋나기라도 하면, "가만히 있으랬잖아!" 하고 집이 떠나가라 짜증 섞어 소리를 지르곤 했다.

물감은 가장 비싼 도구이고, 붓은 머릿속 상상을 구현하는 마법 지팡이 같은 역할을 한다. 종이가 없으면 수채화 자체가 성립하지 않는다. 물은? 공짜다. 인식조차 못할 정도로 흔해서 쉽게 구할 수 있다. 경제적 사고의 틀은 희귀하지 않은 것에 가치를 부여하지 않기에 '다이몬드 같은 행복'이라는 말은 있어도 '물 같은 행복'이라는 말은 없다.

초년 기자들은 '물 먹었다'는 말이 가장 달갑지 않다. 남이 특종을 했고 나는 당했다는 의미다. 지금도 싱가포르 같은 곳을 갈 때면 식전에 무료로 물 한 잔 안 주는 것 보고 깍쟁이 같다는 생각을 한다. 일상에서든 그림에서든 물은 그런 존재다.

그런데 수채화가 '물의 예술'이라니! 지금껏 모르고 살아도 아무 문제가 없기는 했지만, 갑자기 삶의 중요한 원리를 깨달은 것 같은 기분이었다. 수채화는 물을 이해하는 데서 시작된다. 값비싼 물감과 특별한 붓, 장인이 만든 도화지를 사용한다 해도 마찬가지다.

"수채화는 물이 번지는 효과를 자연스럽게 표현하는 게

호수에 비친 숲과 구름

가장 중요해요.”

　선생님은 생각보다 두꺼운 도화지를 건넸다. 종이테이프로 도화지를 나무판에 고정시킨 뒤에 선생님은 마치 다리미질을 하기 위해 옷에 물을 뿌리듯 분무기로 종이 위에 물을 분사했다. 수채화용 종이가 물을 거의 흡수하지 않았고 물방울들이 종이 표면에 방울방울 맺혔기 때문에 정확히 묘사하자면 물방울들을 도화지에 올린 셈이다. 그리고는 하늘색에 물을 충분히 섞은 다음 붓에 적셔 종이 위에 떨궜다. 듬성듬성 찍는 식의 붓질이었지만 옅은 하늘색이 종이를 코팅하듯 물방울을 타고 번져나갔기 때문에 물감을 종이 위 여기저기 떨어뜨렸다는 표현이 적당했다.

　“구름은요?”

　선생님은 휴지를 건네며 원하는 곳을 닦아보라고 했다. 휴지로 누른 곳에 하얀색 도화지가 드러났다. 아이들의 스탬프 놀이가 밑면에 물감이나 잉크를 묻혀 도화지에 찍어내는 작업이라면 구름 그리기는 반대로 코팅된 물감을 휴지로 흡수해 자국을 남기는 식이었다.

　“자연스러운 게 중요해요. 억지로 모양을 만들지 말고 감으로 찍어 내면 돼요.”

　휴지로 하늘 곳곳을 지워내며 부정확한 작업에서 오는 자유를 느꼈다. 정확히 세금을 계산하고, 적확한 표현을 찾아내려 애쓰고, 본문 글자 크기와 줄 간격까지 맞춘 보고서를 쓰는 직장인에게 정답이 없는 문제를 마주하는 건 즐거운 일이 아닐 수 없다.

수채화의 본질이 물이란 건 직접 경험하기 전에는 알아채기 어렵다. 자전거에 산더미 같은 짐을 싣고 균형을 잡으며 주행하는 사람이나, 식사를 담을 쟁반을 10여 개나 머리에 이고 가는 아주머니, 어떤 상황에서도 균일한 크기의 만두를 만드는 요리사처럼 삶을 가능케 하는 본질은 '감'이라 부르는 주관적인 느낌일 때가 많다.

마르셀 뒤샹의 작품 〈샘〉을 실물로 보고 그 자체에 감탄한 사람이 얼마나 될까? 2019년 1월 국립현대미술관 서울관에 등장한 〈샘〉은 그저 거꾸로 둔 작은 변기였다. 원래 용도가 변기이니 그랬겠지만 수채화의 본질이 물인 것처럼 샘의 본질을 연상하기란 쉽지 않다.

본질을 명확히 아는 건 일상에서도 어렵다. 에리히 프롬은 『소유냐 삶이냐』에서 자동차를 가지고 본질을 설명한다. 물건의 겉모양이 아니라 본질을 사용하라는 것이다. 프롬은 자동차에 대한 현대인의 애정을 '잠깐 동안 계속되는 풋사랑'으로 묘사했다. 한두 해가 지나면, 어떤 경우에는 1년밖에 안 돼 '헌 차'에 싫증을 느끼고 새 차를 '잘 사기' 위해서 물색하고 다닌다는 것이다. 원하는 차를 고르고 구입하는 과정이 일종의 게임처럼 보인다고도 했다. 그러나 그는 자동차의 본질을 생각한다면, 겉모습만 보고 최신형 승용차를 사려는 욕망에 휘둘리지 않을 수 있다고 설명한다.

성인이나 수도사와 같은 거대한 깨달음을 구하자는 건 아니다. 내게 일상의 본질이란 2018년 11월 뉴욕 크리스티 경매에서 우리 돈으로 1,000억 원이 넘는 9,030만 달러에 낙찰된 화가 데이비드 호크니의 작품 〈예술가의 초상〉 같은 것이다. 한마디로 '덜 복잡함'이다. 극도로 단순하지 않고, 사진처럼 세밀하게 그린 풍경화도 아니다. 적당하게 단순하고 적당하게 세밀한 것. 그 애매한 정도가 그의 주관에서 나온 깨달음의 일종일 것이다. 부자연스럽거나 어색하지도 않지만 아주 자연스럽지도 않다. 덜 복잡하고 덜 단순하며, 빠진 듯하면서도 그릴 건 다 그렸다.

헨리 데이빗 소로가 권하는 삶의 방식과 비슷하다. 소로는 미국 매사추세츠주의 콩코드에 위치한 호수 월든에서 2년 2개월간 기거하며 『월든』을 썼다. 책 내용 자체는 극도의 격리를 통해 삶의 정수를 찾아가는 과정을 그렸지만, 소로는 독자들에게 세상과 단절하라고 권하지 않는다. 적절한 변화만 권한다. 간소화하고 간소화하라. 하루에 세 끼를 먹는 대신 필요할 때 한 끼만 먹어라. 백 가지 요리를 다섯 가지로 줄여라. 그리고 다른 일들도 그런 비율로 줄여라.

결국 가능한 만큼만 단순해지면 된다. 자신도 이해하기 힘든 단순함은 오히려 허세다. 평범하다면 내가 할 수 있는 평범한 변화를 꾀하면 된다. 나는 2년 전 어느 날 밀가루를 끊었다. 늘 앓던 장염으로 내과를 찾았더니 의사가 단호하게 경고했다.

"술과 밀가루는 스트레스성 장염과 대장암의 가장 큰 적입니다. 빨리 끊으세요."

처음에는 라면, 튀김, 짜장 등 밀가루를 포함한 모든 음식을 철저히 따져서 밀가루가 조금이라도 들어 있다면 아예 입에 대지 않았다. '먹어봐야 어차피 아는 맛'이라고 생각했다. 하지만 '밀가루 근절' 계획은 자꾸 실패했다. 참지 못하고 접시에 놓인 튀김을 입에 물곤 심한 죄책감을 느꼈으며, 과자나 빵을 하나 집어 먹고 처음부터 다시 시작했다.

그러다가 의문이 생겼다. 누가 나에게 단 한 입도 밀가루를 먹지 말라고 시켰나. 튀김 한 입도 참아내야 건강해지는 건가. 한 문제만 틀려도 우등생에서 밀려나던 학창 시절, 오타 하나에도 벌벌 떠는 직장생활 등 삶 전반이 '완벽욕'으로 점령된 건 아닐까.

그 이후 몰래 숨어 튀김옷이 바삭거리는 돈가스를 먹어 치운 적도 있고 튀김옷을 벗기지 않은 치킨을 한 입 크게 베어 문 적도 있다. 사실 매주 세 번 먹던 라면을 한 번만 먹어도 몸에는 변화가 온다. 덜 먹어도 효과가 있다는 뜻이다. 밀가루를 줄이는 것으로 방향을 바꾸니, 가족들은 내가 밀가루를 완벽하게 끊으려고 할 때보다 짜증이 줄었다고 했다. 밀가루 음식을 피하기만 했는데 안주로 먹을 게 마땅치 않아 술을 마시는 횟수도 줄었다. 다만 밀가루 끊기에 끝은 없었다. 평생 관리하는 것이었다. 일상의 본질을 찾고 자신의 기준대로 사는 것도 끝은 없다. 늘 경계하고, 자주 신경 쓰며 살아갈 뿐이다. 사고를 멈추지 않는다는 것만으로 의미가 있으며, 자신의 목표만큼 도달하지 못했다고 해서 망쳤다고 생각하거나 처음부터 다시 시작할 필요는 없다.

분무기를 손에 들고 호수 부분에 물을 흠뻑 뿌린 뒤 탁한 하늘색 물감을 뿌렸다. 그리고 호숫가에는 탁한 초록색을 뿌려 호수에 비친 숲을 표현했다. 물감이 퍼지면서 우연의 효과가 드러났다. 선생님은 첫 수채화를 들고 물의 효과가 만족할 만하다고 평가했다.

"첫 수채화니 액자에 넣어두세요. 안 그러면 쉽게 색이 바랠 거예요."

결국 그림도 관리하지 않으면 본질에서 멀어진다. 완성이
란 사람들이 수고를 마치고 싶어 일직선상의 시간에 만들어
낸 가상의 시점일지 모른다.

우리는 얼마나 많은
좋은 때를 놓치며 사는 걸까?

살면서 행복보다는 현실을 택하는 순간이 더 많지만,

그래도 계속 행복의 순간을 떠올리려 한다.

마음속으로라도 미리미리 준비를 해두어야

갑작스레 찾아오는 인생의 공백에

훌쩍 여행을 떠나거나 해보고 싶었던 일을 하며

그 순간을 놓치지 않을 수 있을 테니까.

3주 전 경복궁 건너에 있는 서울현대미술관 기념품 가게에 갔다가 기념품으로 파는 때수건을 봤다. '다 때가 있다'는 문구가 새겨져 있었다. 그래, 몸에도 인생에도 다 때가 있지.

 2주 전에는 아들과 과천과학관에 가서 스마트폰을 분해했다. 집에서 쓰지 않는 전자제품을 가져가 직접 분해해보고, 자원봉사하는 현장교사들이 각 부품에 대한 설명도 해주는 프로그램에 참여한 것이다. 이왕 뜯는 거 첨단제품이 더 공부가 되겠거니 싶어 휴대용 TV로 쓰려고 모셔둔 스마트폰을 내쳤다.

 현장에서 나누어준 작은 정사각형 캔버스에 가전제품의 부품들을 붙여서 전시하는 행사였다. 현장교사는 스마트폰을 가져온 경우는 처음이라며 아이들이 공부할 수 있도록 작은 캔버스가 아닌 큰 도화지에 스마트폰 케이스뿐 아니라 반도체, 안테나, 카메라 등 모든 부품들을 붙여 달라고 했다. 그래서 그곳에서 받은 캔버스는 내 차지가 됐다. 하얀 캔버스를 직접 만져보는 건 처음이었다. 종이보다는 하얀 모시 천에 가까웠다. 그러다가 지난주에 본 때수건을 그리기로 결정하고는 가방에 넣었다.

 며칠 뒤 작은 캔버스를 들고 화실에 들어섰다. 선생님은 때수건 아이디어에 대한 설명을 가만히 듣더니 아크릴 물감을 추천했다. 유화의 느낌을 낼 수 있지만, 기름을 섞는 유화 물감과 달리 수채화 물감처럼 물을 섞어 쓰기 때문에 편리하다고 했다.

스케치를 시작하면서 귀퉁이에 '때를 놓치지 말자'라고 적어놓았다. 다 때가 있겠지만, 결국 때를 알고 잡는 건, 혹은 그 때를 놓치는 건 결국 내 책임이라고 생각했다.

그림 아랫부분에는 차를 타고 바닷가를 달리는 부부를 그리기로 했다. 부인은 떠오르는 태양을 배경으로 작은 트럭을 운전하고 남편은 짐을 싣는 곳에 비스듬히 반쯤 누운 채로 햇볕을 즐기는 모습이었다. '나는 살면서 어떤 때를 놓쳤을까?'라는 질문에 대한 답변 격이었다. 맞벌이를 하는 우리 부부는 종종 일에 치여 사느라 인생을 즐길 때를 놓친 건 아닌가를 고민하곤 했다. 서른 후반부터였던가, 열심히 사는데도 행복하지 않은 이유를 찾는 게 우리의 숙제였다.

30대 후반에 막 접어들 무렵 1년간 미국 연수를 갔다. 남들보다 상당히 빠른 시기여서 동료 눈치가 보이기도 했지만, 그보다는 내 사정이 더 절박했다. 무언가 삶의 변화가 필요했다. 미국 생활에 안정을 찾기도 전에 우리는 무작정 여행부터 다니기 시작했다. 영화나 드라마에서 보면 주인공들이 여행을 통해 자기 삶을 성찰하고 행복을 찾곤 했으니, 우리

행복의 때를 놓치지 말자

도 그럴 수 있으리라 생각했다. 게다가 가장 손쉬운 출발점이기도 하니까.

하지만 우리 부부에게 여행은 답이 아니었다. 한국보다 월등히 광활한 대지와 산, 호수, 바다를 보며 감흥에 젖고 놀라곤 했지만, 여행 속 짧은 행복에 그치는 경우가 더 많았다. 사우스캐롤라이나주 머틀비치에서 맥주 한 캔을 들고 낚싯대 앞에 앉은 노인, 노스캐롤라이나주 아우터뱅크스의 항구에서 요트의 돛을 만지던 중년, 캘리포니아주 요세미티 국립공원의 고요한 호숫가를 산책하는 젊은 부부 등 수많은 사람들의 행복한 여유에 감탄했다. 또 그들의 방식을 모방해보면서 잠시 행복을 느끼기도 했다.

하지만 언젠가는 바쁜 직장으로 돌아가 육아를 병행해야 했기에 우리에게 들어맞는 방식을 찾기가 쉽지 않았다. 어쩌면 여행을 통해 사색하는 연습이 안 됐을 수도 있고, 잠시 현실에서 도피하는 정도의 무난한 여행을 계획했기 때문일 수도 있다. 사실, 미국 안에서 어딜 가나 초행길이니 발길 닿는 대로 떠나는 여행보다는 여행사의 패키지 상품을 이용하는 경우가 대부분이었다.

답을 찾지 못하고 고민만 늘어가던 어느 날, 어릴 때 읽었던 고전을 집어 들었다. 세월을 두고 많은 사람들이 인정한 삶의 지침서라면, 그만 한 이유가 있지 않을까 싶었기 때문이다. 그때부터 한 권씩 고전을 읽어나가기 시작했다. 그렇게 마흔 무렵에 고전을 다시 읽으면서 여행보다 더 큰 평안을 얻었다. 쉽게 설명하면 '삶을 잘 살아가고 있는 건가?'라는 질문에 기준점을 마련했다고 보면 되겠다.

어니스트 헤밍웨이의 소설 『노인과 바다』의 어부 산티아고는 인생의 나머지 반을 힘차게 살아갈 수 있는 용기를 줬다. 결국 빈손으로 돌아갈지 모르지만, 그럼에도 치열하게 살아가는 건 결국 타인이 아닌 자기 스스로에게 존재를 입증하기 위해서라고 생각했다. F. 스콧 피츠제럴드의 『위대한 개츠비』는 꿈의 중요성을 일깨워줬다. 비록 잡을 수 없는 꿈이라 해도 삶의 지향점이자 인생을 안내하는 좌표가 될 수 있다. "우리는 조류를 거스르는 배처럼 끊임없이 과거로 떠밀려가면서도 앞으로 앞으로 계속 전진하는 것이다"라는 끝 부분의 문장은 인생의 썰물과 밀물을 거스르거나 순응하며 살아가는 순간마다 떠오른다.

한나 아렌트의 『예루살렘의 아이히만』은 근면 성실하고 최선을 다해 사는 것이 죄가 될 수 있다는 '순전한 무사유의 죄'를 다룬다. 성찰 없이 조직의 논리에 매몰되곤 하는 일상에서 끊임없이 자기성찰을 해야 함을 가르친다. 현진건의

『운수 좋은 날』을 읽고는 천운이 아니라 매일 한 주먹만큼의 운수를 만나기를 바라는 마음이 들었다. 큰 행운이 오지 않음을 불평하기보다 평온한 일상에 감사하며 살아야겠다고 마음먹었다.

하지만 한국에 돌아온 후로는 다시 직장에 일상을 점령당했다. 책을 읽을 시간이 혹은 여유가 없었고, 일과 직장을 병행하는 쳇바퀴 속에서 '기능'이 중시됐다. 야근을 조정하고 저녁 약속을 겹치지 않도록 하는 사이, 아이와 놀아줄 시간이 점점 줄어들었다. 뭔가 달라져야 했다. 흔히 말하는 소소하지만 확실한 행복을 찾기 위한 변화를 시도했다. 우선 차를 없애봤다. 소파를 버렸고, 거실은 서재로 바꾸었다. 밀가루를 끊고 소식에 도전했다. 결과적으로 뱃살이 빠졌고, 미국에 있을 때만큼은 아니지만 팽팽하게 날이 서 끊어지기 직전이었던 정신줄은 조금이나마 느슨해진 기분이었다.

하지만 변화는 완료형이 아니다. 평생 관리해야 하는 순간순간의 연속이다. 직장은 지속적으로 삶을 침범하고, 평안함과 행복은 늘 위협받는다. 또 여러 면에서 아무리 노력해도 바쁘다는 이유로 놓쳐버린 행복의 순간에 대한 아쉬움은 남을 수밖에 없다. 내게는 느긋한 마음으로 마음껏 게으르게 떠다니는 부부여행이 그렇다. '훌쩍 떠나버릴까?' 하다가도 직장에서 받는, 혹은 워커홀릭 스스로 느끼는 압박감 때문에 포기하곤 했다. 늘 원하지만 쉽지 않다. 이러다가는 결국 나이가 들어 우물쭈물 하다가 좋은 때를 다 놓쳤다며 후회할 것만 같다.

3시간 정도 투자하는 그림에서라도 놓치고 싶지 않은 그때를 표현해보고 싶었다. 선생님이 추천해준 아크릴 물감은 사용해보니 기름을 섞는 유화 물감에 비해서 쓰기가 편리했고, 수채화 물감에 비해서는 색을 덧칠하는 효과가 좋았다. 다만, 물감이 금방 굳는 특성이 있고, 한번 굳으면 물에 잘 녹지 않았다. 내 경우는 생각 없이 물감을 많이 짰다가 절반 이상을 버렸다. 하지만 수채화가 번지는 효과와 여러 가지 색깔을 섞어 약간 탁한 색을 쓰는 매력이 있다면, 아크릴 물감은 원색을 분명하게 강조하기에 확실히 더 좋았다.

부부의 여행길 배경으로는 떠오르는 태양을 골랐다. 배우 윤여정 씨가 예능프로그램 〈윤식당〉의 마지막 회에서 발리섬의 한상적인 노을을 배경으로 "나이가 드니 노을이 싫다"는 말을 했다. 아무리 아름다워도 어쩌면 다시 보지 못할 수 있다는, 혹은 하이라이트는 곧 종결이 올 것임을 암시한다는 그런 슬픔 때문이 아니었을까 추측해본다. 그래서 나는 떠오르는 태양을 배경에 그려넣기로 했다.

미안하지만 운전은 잠시 그림 속 부인에게 맡기고 뒷자리에 슬며시 눕고 싶다. 아내는 언젠가 바닷가에 놀러 갔는데 신나는 마음에 차를 끌고 모래사장을 달리다가 모래에 바퀴가 빠져 다른 차의 도움을 받았다는 얘기를 들려주었다. 여행인데 그럼 또 어떤가 싶다. 무계획이 자유로운 거고, 그런 돌발 상황이 추억이 된다.

그림을 그리면서도 올해는 꼭 부부여행을 가야겠다고 결심했다가 금세 그게 되겠나 싶어 고개를 흔들었다. 마음은 늘 오락가락하고 행복보다는 현실을 택하는 일이 더 많지만, 그래도 계속 행복의 순간을 떠올려보려 한다. 마음속으로라도 준비를 해두어야 갑작스레 찾아오는 인생의 공백에 훅 하고 떠나볼 수 있을 테니.

나만의 취미를 가지고 있나요?

이경주, 『무채색 아저씨, 행복의 도구를 찾다』, 아날로그, 2022

한지공예, 예술제본, 가죽공예, 목공예는 물론 조향사 수업도 듣고 통기타 동호회도 다녔다. 하지만 취미가 뭐냐고 묻는다면, 선뜻 답하기 어렵다. 이런 이유로 작가인 이경주 기자의 취미생활이 나는 꽤 부러웠다. 무엇이든 꾸준히 할 취미를 찾는 게 쉬운 일이 아니니까. 게다가 어중간한 끈기, 어중간한 수준에서 만족하는 정신승리의 소유자임을 자처하던 그가 아닌가!

작가는 그림을 그릴 때 "감정을 용광로에 쏟아 붓는 것 같다"고 했다. 몰입해서 자유롭게 감정을 풀어내는 것, 그게 나와의 결정적 차이였다. '수업 언제 끝나지? 끝나면 뭐하지?' 딴생각이나 하며 오히려 스트레스를 받으니, 취미를 갖기 어려운 건 당연할 수밖에.

이 책은 취미생활이 주제이지만, 이제 마흔 중반을 넘긴 아저씨가 그림을 그리며 생각한 일과 삶에 대한 이야기이기도 하다. 아내와 아이, 선후배, 취재차 만난 사람들까지 일상의 모든 것이 글감이자 그림 소재가 되었다. 결국 취미도 그런 것 아닐까? 특별한 어느 날의 이벤트가 아니라 자연스럽게 자기 삶의 일부가 되는 것. 진정한 취미를 갖게 된 작가의 비결일 것이다.

그림 | 이경주, 〈패턴을 찾다〉, 종이에 채색, 2019.

의미 있는
무의미함의 시간

퇴근 후 속옷만 입고 늘어져 있기는

10년이 넘도록 바꾸지 못하는 오랜 습관이다.

사회적 갑옷 또는 스트레스를 벗어 던지는 기분이랄까?

그 차림으로 TV도 보고 게임도 하고 글도 쓴다.

밤늦게 귀가해도 30분 정도는 그렇게 있으려 한다.

아무 생각 없이 격식이나 원칙도 따지지 않는,

매우 낮은 급의 나만의 '참선'인 셈이다.

도널드 트럼프 미국 대통령과 김정은 북한 국무위원장의 2차 북미 정상회담이 2019년 2월 말에 베트남 하노이에서 열린다는 소식이 전해지자 기사 양이 크게 늘었다. 예상치 못한 일들이 연이어 일어나는 것도 스트레스다. 기자 생활을 하며 여기저기 부서를 옮겼는데, 일이 적은 자리는 어디에도 없었다. 단지 업무상 변수가 적어 앞일을 어느 정도 예상하고 계획대로 일을 처리할 수 있는 자리가 있고, 돌발 상황이 많아 순간 대처 능력이 필요한 직무가 있을 뿐이다. 신문사에서는 통상 정치부, 경제부, 사회부 등이 후자에 해당한다.

요즘 출입하는 외교부는 낮과 밤이 없는 게 문제다. 전 세계 여러 국가에서 돌발적으로 일어나는 한인들의 사건 사고도 많고, 해외에서 열리는 정상회담이나 외교장관회담 등은 시차 때문에 밤이나 새벽을 가리지 않는다. 국가 안보와 관련된 일들이 많으니 일정을 사전에 기자들에게 공지하는 경우도 적다. 일례로 해외에서 열리는 고위급 회담도 빨라야 이틀 전에 공지되는데, 더 나아가 회담이 끝난 뒤에야 열렸다는 사실을 통보해주기도 한다.

그러니 꽤 많은 이들이 선망하는 외교관이란 직업도 가까이서 보면 깨끗한 협상 테이블에 앉아 담판을 지으며 역사를 만드는 이들은 극히 소수일 뿐이다. 과도한 업무량으로 해외

출장 중 쓰러져 본국으로 후송되기도 하고, 해외 영사관 직원들의 경우 술값을 깎아 달라거나 택시비를 잘못 주었으니 찾아 달라는 등 국민들의 과도한 요구를 들어주다 탈진하기도 한다. 물론 법적으로 이런 개인적인 일까지 도울 필요는 없지만, 이른바 국민 외교가 유행이라 나중에 민원이 접수돼 인사에 악영향을 받는 것보다는 나은 것 아닐까 싶다.

외교의 꽃이라 불리는 대통령 의전은 숨 막히는 일들의 연속이다. 정상의 동선뿐 아니라 싫어하는 음식 같은 세밀한 부분까지 챙겨야 한다. 아주 작은 실수조차 정상회담에 영향을 미칠 수 있다.

2018년 미국의 대이란 수출·수입 제재 때 많은 국가가 이란산 원유 수입을 하지 못하게 됐다. 하지만 한국은 국가 경제상 불가피하다는 인정을 받아 원유 수입을 6개월간 유예받았다. 이처럼 협상 테이블에서 훌륭한 성과를 거두는 순간들도 있다. 하지만 2019년 주한미군 방위비 분담금 협상의 경우, 2018년 1년간 한미 실무대표가 열심히 조율해 합의안을 만들었지만, 도널드 트럼프 미국 대통령의 "더 인상하라"는 한마디에 휴지 조각이 되어버렸다. 물론 1조 원이 조금 넘는 금액에 결국 합의되긴 했지만, 외교관 입장에서는 허탈했을 것 같다.

이렇듯 많은 정신적 스트레스를 받는 외교관들이 주문처럼 하는 말이 있다. '협상에는 상대가 있다'는 것이다. 자유무역협정(FTA) 등을 맺을 때 국민들의 기대치는 높다. 하지만 한국에 유리하기만 한 계약은 없다. 어쨌든 주고받아야 한다. '온리 원 슈퍼파워'라 불리던 시절의 미국은 다르지만, 한국은 받기만 할 수 없다. 주고받는 건 어쩌면 삶의 거의 모든 상황에서 적용되는 일반적인 법칙인지 모른다. 자주 만나는 한 외교관은 그래서 '받기만 한다면 얼마나 행복할까'라는 생각을 자주 한다고 토로했다. '기브 앤 테이크'의 원칙이 아예 적용되지 않는 순간을 말하는 것이다. 그는 우리 삶도 원하는 만큼 같은 양을 내줘야 한다고도 했다. 봉우리가 높으면 골이 깊은 것처럼.

국립중앙박물관에서 열린 특별전 '대고려 918·2018 그 찬란한 도전' 전시에 다녀왔다. 전시된 불상들 위에 "우리가 찾는 답은 어디에 있을까요. 우리에게 오는 느낌과 감정을 있는 그대로 놓아두라 하고, 고난 없기를 바라지 말라며 따끔한 말을 건네기도 합니다"라는 문구가 쓰여 있었다. 고난 없는 깨달음이 없듯 아픔 없는 행복도 없을 거란 생각이 들었다. 그래서 이번 그림의 주제는 주고받음의 원칙이 통하지 않는 '가장 행복한 순간'으로 정했다.

"속옷만 입고 맥주를 마시는 그림을 그려 보고 싶어요."

"왜요?"

"저한테는 행복한 순간이어서요."

"그럼 우선 스케치를 하고 아크릴 물감으로 해보시죠."

선생님은 별 다른 이야기를 하지 않았다.

사실 내 인생을 통틀어 바꾸지 못하는 버릇이 속옷 차림으로 늘어져 있는 순간이다. 아마 아버지의 영향일 수도 있겠다. 샤워 후에 난닝구(러닝셔츠의 잘못된 표현이지만, 1980년대 주변의 대부분이 이렇게 불렀다)만 입고 TV를 보며 노가리를 안주 삼아 시원한 맥주를 마시는 모습이 그렇게 평안해 보일 수 없었다. 그런 아버지를 보며 어린 나는 행복이 그리 멀리 있지 않다는 걸 은연중에 배웠는지 모른다.

내 경우는 꼭 맥주를 마시는 건 아니지만 속옷 차림으로 길게 누워 휴대전화 퍼즐 게임도 하고 텔레비전도 보고 글도 쓰고 그림도 그린다. 물론 맥주나 와인을 즐길 때도 있지만, 마흔을 넘으면서 가능하면 차를 마시려 한다. 물론 찻잎 고유의 향과 풍미를 아는 전문가라 하기는 어렵고, 그저 차 한 잔의 시간을 사랑한다. 누군가와 그 어떤 것도 주고받지 않으면서 뜨거운 열기 속에 늘어진 용수철같이 몸도 마음도 늘어질 수 있으므로.

중국의 서예를 현대미술과 접목한 양지앙 그룹의 작품을 감상하러 간 적이 있다. 처음에는 그들도 술을 마시며 소통하고 많은 이와 공감하려 했다. 하지만 차츰 건강이 악화되어 차로 대체할 수밖에 없었다. 여러 사람이 원형의 탁자에 둘러 앉아 차를 마시며 소통하고 작품을 만들어내려는 노력을 보며, 모순적이게도 서예라는 게 얼마나 조용하고 고독한 순간에 이루어지는 행위인지를 느꼈다.

속옷 차림으로 마음대로 늘어지기는 이제 10년이 넘은 습관이 됐다. 답답한 갑옷을 벗는 느낌일 때도 있고, 스트레스를 벗어 던지는 기분일 때도 있다. 겨울 한파에 추워서 결국 옷을 다시 입더라도 우선은 벗고 본다. 야근을 하고 밤 12시에 들어와도, 잠 잘 시간이 절대적으로 부족해도 최소 30분은 홀로 지낸다. 각성된 뇌가 쉽사리 잠들려 하지도 않거니와 아무 생각 없이 지내는 순간은 격식 없고 원칙 없는 매우 낮은 급의 '참선'일지도 모른다. 가끔씩 가족들은 피곤한데 왜 안 자고 TV를 보냐고, 혹은 왜 멍하게 앉아 있냐고 묻는다. 그 시간을 뭐라고 정확하게 표현할 수는 없지만 내게는 중요한 시간이다. 나홀로 온전히 행복하게 즐기는 시간인 것이다.

사실 혼자 늘어져 있는 시간을 '행복하다'는 말로 정의하게 된 건 최근에 읽은 책 때문이다. 핀란드의 저널리스트인 미스카 란타넨이 쓴 『팬츠드렁크: 행복지수 1위 핀란드 사람들이 행복한 진짜 이유』라는 책인데, '팬츠드렁크'는 말 그대로 속옷만 입고 술을 마시는 휴식 외에 아무 의미 없는 시간을 의미한다.

흔히 휴식에 대해 인공적인 모든 것으로부터 벗어나는 자연 그대로의 모습을 떠올린다. 마음을 비우는 요가나 산중의 깊은 사찰이 떠오르는 참선 같은 것들이 대표적이다. 반면, 이런 강한 이미지 때문에 도심의 삶 그대로를 반영한 휴식은 외려 피곤함을 더하는 일로 여겨진다. 휴대전화 게임을 저급한 시간 때우기로 보거나, 모든 종류의 음주를 피곤이 쌓이는 행위 정도로 취급하는 경우가 있다.

그런데 미스카 란타넨은 삶 그대로의 모습으로 늘어져도, 인공적인 물품으로 둘러싸여도, 쉰다는 본질에 충실하면 된다고 이야기한다. 책에서 팬츠드렁크는 4단계 정도로 정리된다. '옷을 벗어라, 스마트 기기를 챙기고, 가장 편안한 공간을 찾은 뒤, 과자와 차가운 맥주 한 캔을 꺼내 들이켜라.' 팬츠드렁크가 행복한 이유는 "있는 그대로의 나로 되돌아가는 시간"이라고 했다. 팬츠드렁크를 핀란드 말로는 '칼사리 캔니(Kalsari känni)'라고 하는데 '칼사리'는 속옷을, '캔니'는 취한 상태를 뜻한다. 팬츠드렁크가 핀란드의 행복지수에 얼마나 큰 영향을 주는지는 정확히 모르겠지만, 삶의 여유를 찾으려는 의지가 반영돼 만들어진 개념으로 보인다.

2018년 유엔 산하 자문기구인 지속가능발전해법네트워크(SDSN)가 156개국을 대상으로 조사한 국민 행복도지수 조사에서 핀란드가 1위를 차지했다. 노르웨이, 덴마크, 아이슬란드, 스위스, 네덜란드, 캐나다, 뉴질랜드, 스웨덴, 호주 순이었으니 북유럽 국가들의 강세는 확실했다. 한국은 57위였다. 행복의 순위에는 국내총생산(GDP), 기대수명, 사회적 지원, 사회의 너그러움 등이 기준으로 들어간다. 한국은 GDP 면에서 세계 12위이고, 기대수명의 경우 남자는 15위, 여자는 3위였다. 따라서 행복도 순위가 낮은 이유는 정신적인 여유 부족이었을 가능성이 높다.

"맥주를 들고 벽에 기대앉아 있는 남자네요."

선생님이 다른 학생을 지도하다가 내 옆을 지나치며 말했다. 가장 편한 자세는 허리를 구부정하게 벽에 기대어 양반다리를 하고 앉아 있는 거라고 생각했다. 배는 적당히 나오고 어깨는 늘어뜨리고 말이다. 팔은 좀 길어야 느긋해 보인다고 생각했다. 나무늘보를 떠올렸다. 말할 필요가 없으니 입은 다물고, 그림 밖에서 자신을 바라보는 사람을 응시하는

팬츠드렁크, 나만의 행복 시간

모습으로 그렸다. 왜 나만의 시간을 방해하느냐고 따지고 싶지만 그마저도 귀찮다는 눈빛으로.

유화와 수채화의 특징을 잘 살려 두 가지 효과를 모두 내보고자 했다. 인물을 그릴 때는 물을 줄여 원색을 이용하고, 벽과 바닥은 물을 많이 섞어 수채화의 번지는 효과를 이용하는 식이었다. 그리고 바닥과 벽 사이에 나무로 만든 테두리는 우선 갈색으로 옅게 칠한 뒤 물을 섞지 않고 고동색 물감으로 칠해 붓이 갈라지면서 나타나는 거친 나무 느낌을 살리려 했다.

"외국 사람은 피부가 한국인보다 더 분홍빛이 돌아요. 빛이 닿는 지점에 따라 약간 녹색 빛이 나는 부분도 있어요."

선생님의 얘기를 듣고는 전문 화가들이 운영하는 사이트에서 가장 밝은 피부톤을 의미하는 '자기 같은 피부(포슬린)'를 찾아보니 가장 밝은 부분을 밝은 분홍, 밝은 연두, 밝은 노랑으로 표현했다. 조금 짙어질수록 '옅은 금색', '라이트', '금색', '올리브', '미드 딥', '다크', '다크 올리브', '에보니' 등으로 불렀다. 그림을 제대로 그리려면 인종마다 피부색까지 공부하고 고민해야 한다는 점이 새로웠다.

"그림에서 진짜 편안하게 쉬는 사람의 느낌이 나네요. 더 정밀하게 표현하는 것도 좋지만 나름 소박한 맛이 있어서 그대로 두는 것도 좋겠어요."

통상 그림이 완성된 뒤에 고쳐주며 여러 가지를 알려주는 선생님이 이번에는 본인의 도움이 외려 마이너스일 것 같다고 했다. 편안하게 그린 그 시간 자체를 존중해주는 느낌이 들었다.

팬츠드렁크든, 그림이든, 온전히 나에게 집중하는 시간, 남의 이목을 신경 쓰지 않고 나만의 세계를 표현한다는 점에서 비슷해 보였다. '의미 있는 무의미함'이라고 할까.

요즘 외교부 출입 기자들끼리 모이면 트럼프 대통령이 너무 싫다는 성토가 이어진다. 그가 트위터를 이용해 낮과 밤을 가리지 않고 자신의 생각을 쏟아내기 때문이다. 미국 공무원들은 물론 전세계 기자들이 그 말을 확인하고 분석해 전달해야 한다. 한마디로 쉴 틈을 안 주니 사회관계망서비스(SNS)가 없던 삐삐의 시대가 그립다는 농담이 줄을 잇는다.

사람마다 다르겠지만 언제나 신경을 곤두세우고 시시각각 상황 변화에 민첩하게 대응해야 하는 일상에서 온전히 혼자 있는 무의미한 시간은 어쩌면 가장 의미 있는 시간인지도 모르겠다.

자기 몸에
관심 가져본 적이 있나요?

이날은 붓을 쓰는 대신에 손가락을 이용해

뻑뻑한 물감 밀어내기를 하고 싶은 날이었다.

도화지에 같은 크기의 엄지손가락 지문을 남기면서

압력에 따라 달라지는 물감의 굴곡에 감탄했다.

인공적이지 않은 자연스런 자국이 남긴 아름다움,

인생도 그런 자국들로 채워지는 것은 아닐까.

2차 북미정상회담을 취재하러 1주일가량 베트남 하노이에 다녀왔다. 미세먼지 가득한 서울보다 공기의 질이 나쁘다고 말하긴 어렵지만, 혼잡한 도로에서 차들이 쉬지 않고 빵빵거리니 길을 걷는 것만으로 스트레스가 쌓였다. 1980년대 서울을 보듯 젊은 인구가 많아 거리는 활기가 넘치다 못해 끓어올랐고, 여기저기서 싸움도 많이 났다. 길거리 담벼락에 거울을 세워놓고 거리 이발을 하는 정겨운 모습도 보였지만, 사람이 걷는 인도는 오토바이와 자전거가 점령해 걷기도 힘든 지경이었다. 호안끼엠 호수나 서호 같은 한적한 공원도 많다고 들었는데, 전 세계 기자들이 모인 국제미디어센터(IMC)가 설치된 베트남-소련 우정노동문화궁전 주변은 확실히 서울보다 복잡하고 스트레스가 더했다.

식사조차 제대로 하지 못할 정도로 바쁘게 현장 취재를 한 뒤 기사를 작성해 넘기고 몇 시간 눈을 붙였다가 다시 하루를 시작하는 생활이 반복됐다. 설상가상 정상회담은 아무런 성과 없이 끝났다. 그날 밤 한국시간 새벽 2시, 북한 측이 갑작스런 기자회견을 여는 바람에 서둘러 현장에 도착해 기사를 쓰고 나니 한국시간 새벽 4시였다. 숙소로 돌아가는데 갑자기 피곤이 밀려왔다. 2018년 1월 1일부터 시작된 한반도의 평화무드와 함께 15개월째 예측할 수 없는 일상을 살아왔다. 아마도 이날이 정점이었나 보다. 한국에 돌아오니 온몸에 힘이 빠지고, 기사고 뭐고 아무것도 하기 싫었다. 신체적·정신적 피로감으로 무기력해지는 번아웃 증후군이 찾아왔다.

최소한 한 달은 휴가를 내야겠다 싶었다. 40일 이상의 휴가가 남아 있었지만, 직장인이 한 달이나 휴가를 쓰는 게 쉽지 않다는 건 누구라도 알 것이다. 그런데 마침 여러 언론 매체에 과로사를 다룬 기사가 실렸다. 또 과로가 겹쳐 입원한 지인이 "사는 동안에 건강하고 행복하게 매일을 지내는 게 가장 중요한 일이더라"는 얘기를 했다. 그는 자신의 과도한 공명심을 후회했다. 그래서 나도 여러 근거를 대며 회사를 설득했다. 하지만 한 달은 역시 꿈같은 이야기로 일주일 휴가를 받는 데 그쳤다.

일주일이라는 시간을 어떻게 보낼까 고민하고 있는데, 아내가 1년째 다니는 요가를 함께 해보자고 제안했다. 심신을 건강하게 만들어보자는 것이었다. 첫날 수업에서 요가 선생님은 '차크라'에 집중하라고 했다. 차크라는 산스크리트어로 '바퀴' 또는 '원반'을 의미하는데, 한국의 기(氣)처럼 명확히 설명할 수는 없다. 선생님의 설명에 따르면, 정신적인 힘과 육체적인 기능이 합쳐져 상호작용을 하는 몸 곳곳의 지점인 듯했다. 우리 몸에는 8만 개가 넘는 차크라가 있지만 중요한 것은 7개 정도라고 했다. 특히 선생님은 배꼽 근처의 3번 차크라를 강조했다. 내 나름은 요가를 배우면서 1번 차크라인 정수리 위에서 좋은 기운이 들어와 3번 차크라에서 모인 뒤 바닥으로 퍼지는 것이라고 이해했다.

뻣뻣한 몸을 숙이고 팔을 뻗고 허리를 일직선으로 펴고 다리를 늘렸다. 가슴을 열고 가부좌를 한 채 명상도 했다. 선생님은 '하면 된다'보다 '되면 한다'를 강조했다. 동작을 따라 할 때 되는 만큼만 하라고 했다. 똑같이 따라하는 것보다 자신의 몸에 집중하라고 강조했다. 기억나는 가르침은 세 개 문장 정도다.

1. 피곤하다는 의미는 피가 곤하다(고단하다)는 의미다. 요가를 통해 피를 순환시켜라.
2. 목과 어깨에 힘을 빼는 것으로 요가를 시작하라.
3. 자신의 몸에 집중하라. 눈을 감으면 내 몸에 집중하기가 더 쉽다.

몸에 집중한다는 건 떠나도 되는 모든 것들로부터 나를 분리하는 작업이다. 고승이나 지체 높은 신부님의 깨달음을 말하는 게 아니다. 여러 동작을 하며 내 척추를 마디마디 느껴보고, 골반이 이완되는 것을 깨닫고, 당기는 다리 뒤쪽 근육의 고통을 참는다. 다른 생각이 끼어들 여지가 없다. 현재 내 몸에만 집중한다. 불경의 문구처럼 지나간 일을 슬퍼하지 말며, 오지 않은 미래를 염려하지 말며, 지금 이 순간을 진실되게 살아가려 하면 된다.

누구나 할 수 있는 쉬운 수준부터 고난이 동작까지 따라 하면서 가장 힘든 것은 모순적이게도 목을 편안하게 360도 돌리는 일이었다. 머리를 앞쪽으로 내리거나 뒤쪽으로 젖혔을 때는 아무런 문제가 없었지만, 어깨 위에 왔을 때는 어깨가 자동적으로 수축돼 올라갔다. 특히 오른쪽 어깨가 심하게 올라갔다. 머리를 돌리는데 목의 근육이 이완되지 않고 외려 어깨 근육이 긴장했다. 어깨를 내리려고 신경을 쓰면 쓸수록 머리와 어깨 모두 더욱 불편해졌다. 결국 선생님이 와서 지그시 어깨를 눌러주었다. 몸이 이완되지 않겠다고 반항하는 느낌이었고, 그간 정작 내 몸을 이해하지 못하고 있었다는 것을 깨달았다.

선생님은 곧추 서서 몸통을 오른쪽과 왼쪽으로 돌려보도록 했다. 내 오른쪽 다리는 왼쪽 다리보다 약간 짧은 듯했고, 두 다리를 지지한 채 몸통을 왼쪽으로 돌리는 게 버거웠다.

발바닥으로 힘차게 땅을 딛고 서는 건 어렵지 않았지만, 복부에 힘을 주는 법은 전혀 몰랐다. 내 몸속 장기를 느끼라는데 전혀 느낄 수 없었고, 그 대신 가슴이 막혀 있다는 것만은 확실히 알 수 있었다. 내가 내 몸에 원래 둔감했던 건지, 아니면 그간 너무나 몸에 관심이 없었던 건지 알 수 없었다. 다만 몸에 집중하는 것만으로, 정신으로부터 온전히 벗어날 수 있었고, 휴식할 수 있었다. 요가를 하는 동안에도 뇌의 특정 부분이 활동할 테지만, 아마도 일을 할 때 사용하는 뇌와는 다른 부위일 것이라고 생각했다.

"오늘은 정물화를 그리면 어떨까요?"

화실에 들렀더니 선생님이 그릇에 한라봉 세 개를 준비해 두었다. 신경 써주셔서 감사하다고 말한 뒤 번아웃 증후군에 대해 말했다.

"그래서 내 마음을 표출하는 추상화 같은 걸 그려보고 싶습니다."

"마음을 편하게 하는 데는 추상화가 좋지요. 기대되네요."

"이우환 선생을 보면 그림을 그리는 행위 자체가 수행하는 과정 같더라고요. 그런 작업을 해보고 싶은데, 일단 제가 하고 싶은 대로 해봐도 될까요?"

"그럼요. 추상화는 누구의 간섭도 필요가 없어요. 작가만의 세계니까요."

선생님은 실제로 그림이 끝날 때까지 일언반구 말을 보태지 않았다. 그저 순간순간 "좋은 아이디어네요", "색을 아주 잘 골랐어요", "이런 느낌이군요"라는 추임새 정도만 넣었다. 당시의 내 마음 상태를 생각했을 때 만약 선생님이 이렇게 저렇게 해보라고 구체적으로 조언했다면, 상당한 스트레스를 받았을 것이다. 간섭하지 않고 그저 호응해주는 것, 현명한 교수법이다.

흰색 물감을 듬뿍 짜서 엄지손가락에 묻힌 뒤 도화지에 꼼꼼히 격자 식으로 지문을 남겼다. 물감의 굴곡이 지문 모양으로 남았다.

"몸에 집중해보니 우리 몸 중에 흔적을 남기는 건 지문뿐이란 생각이 들었어요. 주민등록증에 남기는 흔적도 있지만, 나이가 들수록 자기가 살아온 경험이 지문에 반영될 것 같아요."

하지만 흰색 지문은 도화지에 물감의 굴곡만 남길 뿐 그 모습을 쉽게 드러내지 않았다. 내 몸에 집중하는 순간은 내 과거와 미래가 떠오르지 않았다. 기는 하늘에서 내려와 바닥을 따뜻하게 데웠고, 나는 작아지면서 몸의 근육 하나, 뼈 하나까지 느꼈다. 한 줄기 빛이 정수리로 들어와 바닥으로 퍼지는 느낌으로 노란 물감을 손가락에 묻혀 빛이 흐르는 방향으로 도화지 위에 밀어내듯 칠했다.

"물을 하나도 쓰지 않고 오직 손가락으로만 그리고 싶으셨군요?"

"네! 제가 느낀 에너지는 물이 흐르는 느낌이 아니었고 뻑뻑한 크래커가 목을 넘어가는 기분이었습니다."

다음 도화지에는 깨달음의 순간을 상상했다. 하얀색 지문은 격자형이 아니라 동심원으로 퍼져나갔고, 그 위를 외부세계를 상징하는 진한 남색이 방사형으로 뻗어 나갔다. 나는 세상의 중심이 아니라 주변에 비켜 있다. 승진이나 출세 같은 세상의 1퍼센트가 되려는 목표에서 비켜 있지만 내 몸을 온전히 이해하고 사랑한다. 좀 더 넓혀 가족을 사랑한다. 조금 더 넓혀 세상을 사랑할지도 모르지만 그런 성인의 경지까지 이를 필요는 없으리라.

"재미있는 표현이 되었어요. 이 그림은 좀 더 진한 톤으로 바탕을 강조해도 좋을 거 같아요."

선생님의 말을 들으며 진한 남색에 눈이 다시 갔다. 스트레스가 심한 평소의 상태도 그려보기로 했다. 이번에는 흰색이 아니라 남색으로 격자형의 지문을 찍어갔다. 머리가 크고 비둔한 내 모습을 비워둔 채 지문을 모두 찍고 나서 내 모

도화지에 남은 몸의 흔적

습과 바깥세상 사이에 두꺼운 선을 그었다. 그리고 흰색으로 내 모습 안에 커다란 지문을 남겼다. 세상에 대항하려 두꺼운 벽을 치고 나 자신을 버티는 모습을 나타내고 싶었다. 머리는 비둔하고 마음속에 머문 기(氣)는 쉽게 퍼져나가지 못한 채 작게나마 제 존재를 유지할 뿐이다.

"색을 잘 고르셨어요. 몸을 감싼 두꺼운 선과 큰 머리가 눈에 띄네요. 머릿속과 세상이 대비되는 모습인가 봐요. 재미있는 그림이에요."

세 장의 도화지를 요가를 하기 전, 요가를 하는 도중, 그리고 깨달음의 순간 등으로 배열했다.

"컴퓨터 그래픽으로 여러 장을 겹치거나 잘라내면서 편집해봐도 재미있을 거 같네요. 요즘에는 그런 식으로도 작업을 많이 하거든요. 좀 더 큰 화폭에 그려보면 효과가 더 극명해질 수도 있겠어요."

왜 붓을 쓰기 싫었는지 모르지만 손가락으로 뻑뻑한 느낌의 물감 밀어내기를 하고 싶었다. 똑같은 크기로 엄지손가락의 지문을 도화지 위에 남기면서 압력에 따라 같고도 다른 물감의 굴곡에 감탄했다. 인공적이지 않은 자연스런 자국이 더 아름다운 건 인생에서도 같지 않을까 싶었다.

그림을 바라보며 내 몸에 대해 알지 못한다면 정신만으로는 균형 잡힌 인생의 성찰을 할 수 없다고 생각했다. 성찰의 장소는 헨리 데이비드 소로처럼 미국 매사추세츠주의 콩코드에 있는 호수 월든일 수도 있고, 서울 광화문의 작은 요가 교실일 수도 있으며, 봄바람이 부는 나무 아래 책 한 권 읽을 공간일 수도 있다. 소로처럼 2년 이상 격리되어도 좋고, 요가를 하며 1시간가량 세상과 멀어져도 좋고, 혹은 단지 10분간의 명상만으로도 분명 그만큼의 혹은 그 이상의 효과를 거둘 수 있을 것이다.

"내가 숲속으로 들어간 이유는 인생을 의도적으로 살아보기 위해서였으며, 인생의 본질적인 사실들만을 직면해보려는 것이었으며, 인생이 가르치는 바를 내가 배울 수 있는지 알아보자 했던 것이며, 그리하여 마침내 죽음을 맞이하였을 때, 내가 헛된 삶을 살았구나 하고 깨닫는 일이 없도록 하기 위해서였다. 나는 삶이 아닌 것은 살지 않으려고 했으니, 삶은 그처럼 소중한 것이다. 그리고 정말 불가피하게 되지 않는 한 체념의 철학을 따르기는 원치 않았다. 나는 생을 깊게 살기를, 인생의 모든 골수를 빼먹기를 원했으며, 강인하고 엄격하게 살아, 삶이 아닌 것들은 모두 때려 엎기를 원했다."

번아웃 증후군으로 시작한 일주일을 요가와 함께 그림으로 정리하다 보니, 『월든』에 나오는 가장 좋아하는 구절의 의미가 새롭게 다가왔다.

그림의 여백,
말에도 필요하다

소통이 중요한 세상에서 침묵이 칭송만 받겠냐만

'말빚'을 많이 쌓는 것보다는 나을 듯하다.

장자의 '잘 짖는 개가 좋은 개라 할 수 없다'는 말도

무작정 말을 줄이라는 것이 아니라

현명하게 말하기의 중요성을 강조한 것일 테다.

그림에는 침묵의 힘이 있다. 시끄럽게 설득하지 않고 소리 높여 주장하지 않는다. 스스로 조용히 다른 이의 상상을, 감흥을, 웃음을, 기억을 불러일으킨다. 5개월 남짓 그림을 배우다 보니 초보와 고수의 차이가 보였다. 초보는 메시지를 담으려 노력하고, 고수는 자신이 보는 것을 표현하는 데 충실하다. 초보는 남이 어떻게 볼까 궁금하고, 고수는 내 세계를 온전히 드러냈는지에 집중한다. 그런 까닭에 초보는 그림을 설명하려 말이 많고, 고수는 침묵으로 일관해도 보편성을 얻는다.

고흐의 〈별이 빛나는 밤〉에 깔려 있는 기의 흐름을 누가 정확하게 말로 설명할 수 있을까? 하지만 이 명작은 침묵으로 인생의 곳곳에 깨달음을 준다. 일례로 2008년 봄에 고(故) 마광수 교수와 서울 용산구 이촌동 자택에서 인터뷰를 했는데, 그는 이 그림을 인생에서 세 번 만났다고 했다.

첫 만남은 중학생 때였다. 당시 별명이 광마(狂馬·미친 말)였던 마 교수는 고흐의 그림이 욕망의 표상과 발산하고픈 끼의 덩어리를 담고 있어서 마음에 들었다. 두 번째 만남은 1990년대 '즐거운 사라 필화사건'으로 우울증이 깊던 시절이었다. 그때는 고흐의 그림이 괴기하게 다가왔다. 밤에 삼나무가 춤을 추고 별은 기이하게 꼬여 있는 부분에 눈이 갔고,

고흐가 미쳤을 때 이 그림을 그렸다는 사실에 천착했다. 불혹이 된 마 교수는 기득권의 공고한 벽에 막혀 스스로 미칠까 두려워했다. 세 번째는 마 교수가 50대일 때였는데, 고흐의 고통이 보였고 그렇기 때문에 품을 수 있는 열정이 보였다. 마 교수는 이렇게 말했다.

"고흐는 너무 힘들어서 마치 우리가 화장실에서 일을 보듯 작품들을 배설한 거예요. 그러니 본능에 충실했고 사물 하나하나 필치에 열정이 묻어 있지요. 안에 있는 끼를 배설할 뿐이니 평가에는 무관심했습니다. 반대로 평가에 무관심하니 그리고자 하는 것을 마구 그릴 수 있었고요. 이것이 극한 고통이 주는 열정입니다."

인터뷰를 하던 그의 방에는 스스로 그렸다는 그림 한 점이 걸려 있었다. 홀로 서 있는 기타가 자신의 몸을 뜯으며 노래를 하는 내용이었다. 그는 그림 한 귀퉁이에 '나는 슬플 때 노래를 한다'라고 적어두었다. '인생의 슬픔도 노래할 수 있게 된 것일까?' 싶다가 외려 자신을 뜯으며 소리 없는 노래를 외치고 있다는 느낌을 받았다. 세상에 괴로워하며 자학하는 한편, 안에서 솟아오르는 슬픔을 비가(悲歌)로 승화시키는지도 모를 일이었다.

소통이 점점 중요해지는 세상에서 단순한 침묵이 칭송만

받겠냐마는, '말빚'이 많은 것보다는 나을 듯싶다. 장자가 '잘 짖는 개가 좋은 개라 할 수 없다'는 글을 남긴 것도 무작정 말을 줄이라는 게 아니라 현명하게 말하는 법을 강조한 것일 테다.

직장 생활을 하다 보면 험한 말을 하는 이들을 곧잘 만난다. 비교나 비난 등으로 상대를 변화시키려 하고 인신공격을 넘나드는 수준까지 가는 경우도 있다. 누군가는 자신의 치밀어 오르는 화를 참지 못하는 듯 보이기도 한다. 상대방에게 도움이 될 만한 충고, 더 나은 성과를 내기 위한 비판이나 토론이 아니라 단순 비난을 퍼붓는 경우도 적지 않다. 조직의 목적은 결국 성과지만, 그 성과는 지속가능해야 한다. 폭력적인 말 등의 공격으로 육상 선수의 기록이 즉각 개선될 수 있지만, 과학적 분석과 운동화 기술의 향상, 주법의 개량처럼 지속가능한 개선 효과를 내기는 힘들다.

잘못 뱉은 말을 주워 담으려면 결국 더 많은 말을 해야 한다. 주워 담기는커녕 실수가 늘어난다. 말은 어릴 때부터 쌓아온 습관이자 삶의 철학을 담는 그릇이므로, 말이 많아지면 자신이 드러날 수밖에 없다. 불교 용어를 빌리자면 '말빚'이 는다.

법정스님은 "풍진세상을 살면서 너무 많은 것을 보고 들고, 불필요한 말을 쏟아내며 산다"고 했다. 중생에게 도움이 될 만한 수많은 명언과 책을 남긴 법정스님은 정작 영면에 들 때 "그동안 풀어놓은 말빚을 다음 생에 가져가지 않으려 한다"며 더 이상 자신의 책을 출판하지 말라고 했다. 자신이 세상을 떠나고 동시대의 독자들도 모두 세상을 떠나면, 후세에 자신의 책을 과도하게 숭배해 그 의미가 달라질 수 있다고 생각한 건지도 모른다. 고승이 자신의 말빚을 언급한 것에 비추어보면 평범한 우리네의 말빚은 형언하기 어려울 정도로 많을 것이다.

거실에 앉아 말빚에 대해 그림을 그리려 몇 가지 스케치를 했다. 글자로 만든 폭포 앞에 구름처럼 떠 있는 노승, 입술 사이로 삐져나온 뾰족한 글자 등을 상상하다 꽃으로 흘러갔다. "아름다운 말도 결국 말빚"이라는 법정스님의 말씀이 떠올랐고, 혀 모양을 품은 꽃들을 그려보자 싶었다.

화실에 가기 전에 동네 구둣방에 들렀다. 곱슬머리에 통통한 뱃살, 늘 웃는 낯에 "우리끼리인데 이건 해줘야지, 당연히 깎아줘야지"라고 살갑게 말을 건네며 활기차게 일하는 구둣방 아저씨. 언제나 다른 곳보다 일거리가 많다. 이날은 웬일로 손님이 많이 없어서 처음으로 먼저 아저씨에게 말을 걸었다. 15년 이상 기자생활을 하고 보니 일에서 재미를 느낄 때가 예전보다 많이 줄어든 터라 아저씨에게 늘 즐겁게 일하는 비결을 물었다. 그는 손으로 계속 구두를 닦으며 이런저런 얘기를 해줬다. 다음은 아저씨의 이야기를 축약한 것이다.

그의 아버지는 돈을 잘 벌지 못했다. 칠남매 중 장남이었던 그는 동생들을 공부시키기로 하고 공고 전기과에 진학했다. 당시에는 돈을 잘 버는 길을 택한 것이라고 한다. 하지만 대학을 진학하는 꿈을 포기한 셈이었다. 너도 나도 가난했던, 먹고 살기 힘든 시절이었다. 그는 동생들에게 "남들은 입으로 먹고 위장으로 소화하고 화장실에서 뱉지만, 우리는 눈으로 먹고 머리로 소화하고 입으로 뱉자"고 했다. 여유가 없으니 재수는 시킬 수 없다고 다짐도 받았다. 동생들은 형님의 도움으로 명문대에 들어갔고, 자신은 동생들의 학비를 대기 위해 중동으로 돈을 벌러 갔다.

세월이 지나 아저씨의 아들, 딸도 대학에 입학했는데 동생들이 조카의 학비를 돌아가며 대주었단다. 다만 아저씨는 큰 제화점에 다니다 그 기업이 망하면서 구둣방을 시작했다고 설명했다. 올해만 열심히 일하면 작은 아들까지 학업을 마친다고, 그러면 지금 하는 '쓰리잡' 중에 하나만 하면 된다고도 했다. '이 정도면 보람된 인생 아니냐?'고 말하는 듯한 눈빛을 읽을 수 있었다. 그래서 "선생님 자신은 희생만 한 것일 수도 있는데 행복하세요?"라 물었다.

"아내가 텔레비전을 보고 있는 겁니다. 크게 기쁜 일도 나쁜 일도 없는 맹숭맹숭한 날인 거죠. 그러면 옆에서 아내에게 넌지시 물어봐요. '물 한잔 가져다줄까?' 하고. 그럼 아내가 왜 그런 걸 묻냐는 말투로 '그래 갖다줘' 합니다. 그게 맥주 한잔 같이 마셔도 좋겠단 뜻입니다. 감자깡을 안주 삼아 맥주 2캔 가져다 놓고 조용히 함께 마시면 아내가 갑자기 그럽니다. '오늘 기분 이상하게 좋네'라고요. 그럼 '당신 기분이 내 기분이고 내 기분이 당신 기분이야'라고 답하면 됩니다. 이벤트라는 게 거창할 필요 없다는 겁니다."

동문서답이라고 생각할 찰나, 삶이라는 게 지나간 날보다 현재의 행복에 집중해야 한다는 의미일 수도 있고, 인생이라는 게 그리 큰 이벤트가 아니라 소소한 행복들의 합이라는 뜻일 수도 있겠다 싶었다.

"겨울에 군고구마를 큰 놈으로 2개만 사가는 겁니다. 인사하러 나온 애들 몰래 잠바 속에 넣고 숨겼다가 조용히 안방에서 아내에게 꺼내놓는 거예요. 그럼 아내가 애들도 나눠주자고 합니다. 그럼 나는 당신이 먼저라고 합니다. 아내를 먼저 위해주면 됩니다. 그렇게 사는 겁니다."

구둣방 아저씨는 내가 만났던 훌륭한 직업과 좋은 학벌을

말하는 꽃 침묵하는 꽃

가진 그 누구보다 현명했다. 나보다 상대를 배려하는 말을 하고, 말에는 언제나 행동이 따랐다. 무엇보다 먹고살기 힘든 시절에 '눈으로 보고 머리로 배워서 현명하게 말하고 살자'는 결심이 대단해 보였다.

화실에 도착해 세 개의 꽃이 갈라진 콘크리트 위에 놓인 그림을 그리기로 했다. 가장 왼쪽에 선 튤립은 혀를 꼿꼿이 세우고 있고, 가운데는 목젖을 품은 꽃을, 오른쪽에는 고개를 숙이고 혀를 늘어뜨린 꽃의 모습을 그려 나갔다.

가장 화려하고 아름다운 튤립에는 사랑의 고백, 매혹, 영원한 애정이라는 꽃말도 있지만 '경솔'이라는 꽃말도 있다. 붉은 목젖을 품은 가운데의 하얀 꽃은 말을 하지 않는다. 아마도 답답하겠지만 경솔한 혀보다는 침묵을 택했다. 어쩌면 생존을 위한 침묵이다. 오른쪽의 늘어진 꽃은 훌륭하고 아름다운 혀는 있지만 말을 늘어놓을 마음이 없다. 고개를 숙이고 현명한 침묵을 택한 셈이다. 이들이 서 있는 곳은 메마른 땅이다. 말이 많을수록 생명력은 빠르게 줄어든다. 작은 들꽃만이 균열의 틈에 뿌리를 내리고 살 뿐이다.

꽃과 줄기의 선들을 살리려고 얇은 붓으로 연필처럼 색칠을 해나갔다.

"꽃을 면으로 보고 색칠하는 게 좋을 것 같아요. 바탕에 있는 콘크리트가 더 진해야 꽃의 색들이 더 잘 드러날 거예요."

"바탕에 비해 세 개의 꽃이 약간 작네요. 테두리를 좀 자르면 어떨까요?"

"콘크리트 균열은 검은 색으로 그은 다음에 그 위에 흰색을 덧칠하면 돼요. 바탕을 조금만 짙은 색으로 하세요."

선생님의 코치를 받아 한 점의 그림을 완성했다. 3개의 꽃에서 혀에 해당되는 부분을 시뻘겋게 그리거나 크게 부각해 좀 더 메시지를 드러내고 싶었지만, 자세한 설명보다 있는 그대로의 모습을 표현하는 데 만족하기로 했다. 말하고 싶은 것을 다 말할 필요도, 일부러 소리 높일 필요도 없다. 때로는 침묵이 더 많은 의미를 전달하니까. 쓸데없는 말로 말빚을 늘리기보다 말에 여백을 두는 법을 배우고 행해야겠다.

옐로우 　　　　YELLOW

애쓰기보다는
즐기는
마음으로

2019. 03. 29~2019. 07 07

온 힘을 쥐어 짜내 헬스장에서 바벨을 10개 들었다면 진짜 근육은 11개째 바벨을 들 때 생긴다. 아득해지는 정신을 붙잡고 10킬로미터를 뛰었다면 진짜 지구력은 다음 1킬로미터를 뛸 때 얻는다. 이 외에도 무수히 많다. 이른바 성공의 법칙들. 5일 연속 야근을 했다면 6일째 상관의 인정을 받는다. 노력은 배신하지 않는다. 도저히 할 수 없을 때 '하나 더 성공했느냐'에 승패가 달려 있다. 그림도 매한가지겠지.

매주 한 작품씩 완성하겠다는 일념으로 서둘렀다. 틈틈이 시간이 나면 도화지를 꺼내 연습하고 또 연습했다. 습작을 들고 다니며 가족들에게 "이거 어때?", "나 열심히 하지 않아?"라고 물어대며 인정을 갈망했다. 경쟁 상대도 없는데 경쟁했다. 친구를 이겨야 흡족했던 학창시절의 습관일까, 오자 하나 없이 완벽한 기사를 써야 하는 직업병 때문일까, 승자만 기억하는 사회 탓일까. 뭔가 피곤해졌고, 금요일마다 즐거워서 가던 화실도 엄마 잔소리 때문에 억지로 가는 학원처럼 됐다.

'그만둘까?' 하는 생각을 잡아준 건 늘 칭찬이 후한 선생님이었다. 아주 작은 발전도 놓치지 않고 주의를 기울여주니, 나도 다음 단계로 나갈 힘을 얻었다. 또 어차피 취미인데 지루할 때는 쉬어도 좋고, 생각나면 또 그리면 되지 않겠냐며 쉼표를 찍어준 아내였다. 그래, 이번에는 질릴 정도로 열심히 살지 않겠다. 즐기며 '쉬멍 놀멍' 하겠다. 근데 그건 어떻게 하는 거지.

튼실한 열매는
때가 되어야 맺힌다

이우환 화백이 그린 작품을 보면

평생 선긋기에만 천착했다는 느낌을 받는다.

가장 기본적인 것이 가장 힘들고,

쉽게 그을 수 있지만 깊게 고민해야 만들 수 있는

선의 규칙성과 율동성을 구현해낸 것일 테다.

그런데 나는 그림이든 삶이든 기본을 건너뛰고

너무 빨리 열매 맺기만을 바라왔던 것은 아닐까?

2008년 7월 초 제보를 받았다. 유도 체육관을 운영하던 사장님(편의상 이씨로 하겠다)은 외환위기가 시작되던 1997년 사업에 실패한 후 1,021만여 원의 빚을 졌다고 했다. 이후 채무재조정으로 빚은 761만 원으로 줄었고 그의 빚은 금융기관에서 채권추심업체로 넘어갔다. 여기서는 빚을 성실하게 갚는다는 조건으로 빚의 일부를 줄여주었고, 빚을 분할해 갚을 수 있도록 도와주는 역할을 했다. 이씨는 당시 공사 현장에서 막노동을 하며 하루 일당 7만 원을 벌어 채권추심업체에 빚을 갚아나갔다. 그런데 개인통장으로 송금하면 알아서 갚아주겠다는 업체의 채권 회수 담당자 말을 믿어버린 게 문제가 됐다. 그는 이런 방식으로 이씨에게서 180만 원을 가로챘다. 이씨가 어디에도 지출하지 않고 한 달은 꼬박 일해야 모을 수 있는 돈이었다.

제보를 받고 직접 만나본 이씨는 금융에 밝지 못하고, 사람을 잘 믿는 듯했다. 채권 회수 담당자 개인통장으로 돈을 보냈다는 증거를 찾는 게 급선무였다. 이씨를 도와 돈을 현금 이체한 기록을 찾고 2008년 7월 중순에 이를 다룬 기사를 썼다. 채권추심업체 측은 해당 채권 회수 담당자에 대해 내부감사에 착수했고, 이씨를 위한 구제책도 마련했다.

그 이후 이씨는 수년간 해마다 한 번은 찾아와 감사하는 마음을 갚아야 한다며 짜장면 한 그릇을 사주고 돌아갔다. 그리고 대여섯 살은 족히 어린 나를 꼭 '이 선생님'이라고 불렀다. 짜장면도, 호칭도 정말 부담스럽다고 돌려서 말해도 당최 그만두지를 않았다. 결국 직접적으로 이제는 그만 찾아오라고 했더니만, 카카오톡으로 아침마다 자신이 모은 좋은 글귀들을 보내준다. 오늘 보내준 글은 이렇다.

"농부가 호박을 보며 '신은 왜 연약한 줄기에 이렇게 큰 호박을 달아두었는가?' 했단다. 또 '두꺼운 상수리나무에 왜 보잘것없는 도토리를 주셨을까?' 했단다. 그러다 낮잠이 들었는데 무언가 이마에 떨어져 갑자기 잠을 깼더니 도토리였다. '호박이었다면 어쩔 뻔했는가' 싶었단다. 불평하는 눈으로 세상을 보면 모든 게 불평거리라는 의미다."

처음에는 이런 글을 왜 매일 보내줄까 싶었지만, 몇 년 전부터는 아침에 일어나면 습관적으로 그가 보내준 글을 들여다본다. 인생은 나이를 먹을수록 단순하고 간명해지는 듯하다. 이쯤 되면 내가 그를 만난 게 더 고마운 것 아닌가 싶다. 그런데 며칠 전에 그가 이런 문자를 보내왔다.

"이 선생님, 기온차가 심한 계절입니다. 항상 건강에 신경을 쓰십시오. 언제 바쁘시더라도 시간 좀 내셔서 저녁 한끼같이 해요. 이번에 저희 큰아들이 유도 체육관을 열었습니다.

아무 때나 시간 내십시오. 체육관 한번 둘러보세요. 이게 다 이 선생님 덕분입니다. 감사합니다."

이씨가 빚을 다 갚았다고 연락한 게 얼마 전 같은데 이제는 그의 아들이 대를 이어 체육관을 열었다는 것이다. 다행이라는 생각과 동시에 우직하게 앞만 보고 걸었을 그의 인생 앞에 사뭇 부끄러움을 느꼈다.

이씨의 메시지 덕분에 이번 주 그림 주제는 쉽게 정했다. 두 장의 그림을 그리기로 했는데, 첫 번째 그림 제목은 '높고 낮은 산'이다. 그의 인생 그래프를 산으로 표현해보고 싶었다. 영화에서, 또 소설에서 주인공은 성공의 절정에서 나락으로 떨어지고, 모든 것을 깨달은 후 다시 정상에 오르는 걸 본다. 반면 그는 사업에 성공하며 정상에 올랐다가 사업에 실패하며 나락으로 떨어졌지만, 지금은 출발점보다 낮은 들판에서 평온하게 살고 있다. 롤러코스터 인생 대신에 소박하지만 행복한 길을 한발 한발 내딛고 있으며, 예전에는 느끼지 못했을 작지만 진짜 행복을 느끼는 듯하다.

두 번째 그림의 제목은 '좁고 넓은 집'이다. 늘 높은 곳을 향하는 것에서 행복을 찾는 사람들과 낮지만 소소한 행복에 감사하는 사람들, 그리고 나와 같이 그 사이에서 갈등하며 쉽사리 한쪽을 선택하지 못하는 중간자들을 표현하고

인생의 높고 낮은 산

싶었다.

두 그림 모두 핵심은 '행복'이다. 이씨의 인생을 옆에서 지켜보며 고민하게 된 지점이다. 다만 형이상학적이나 추상적인 관념적 유희가 아닌 실질적 방법을 찾고 싶었다. 도서관에 가서 여러 가지 책을 찾아보다가 캐롤 재코우스키 수녀가 쓴 『살면서 꼭 해야 할 재미있는 일 10가지』가 눈에 띄었다. 책을 펼쳐 든 순간에는 '뭐야, 이미 내가 알고 있는 거잖아!' 했지만, 사실은 '뭐야, 아는데 제대로 못하는 거잖아!'에 더 가까웠다. 가장 마음에 와 닿은 문구는 파스칼이 한 말이었다.

"당신의 방으로 가라. 우리가 불행한 이유는 단 하나. 자신의 방에서 조용히 있는 법을 모르기 때문이다."

내가 취미로 미술을 택한 이유도 거기에 있었다. 그림은 침묵의 붓이다. 대상을 정하고 사색을 한다. 구상을 하고 표현법을 결정한다. 실패를 거듭한다. 한 장을 건지고는 뿌듯하게 바라본다. 어쩌면 거실 한구석에 붙여둘지도 모르겠다. 하지만 무슨 그림인지 누구에게도 변명하거나 설득할 필요가 없다. 그저 '내 그림, 내 생각'이라 하면 그만이다.

첫 번째 그림에서 나는 이씨의 삶을 짙은 파랑의 굵고 거친 선으로 표현하고 싶었다. 특히 수많은 점이 겹친 선으로 나타내고 싶었다. 수많은 점처럼 매일의 노동이 겹쳐 평안을 만들었을 것이다. 과거의 큰 성공과 큰 실패가 순간으로 변했을 것이고, 매일 막노동을 할 때 극한에 이르는 육체의 고통은 과거의 실패에 자신이 잡아먹히지 않도록 했을 것이다. 꽃이 피고 푸른 잎이 돋고 낙엽이 지고 눈이 오는 수평선 아래위로 여러 유형의 삶의 궤적이 있을 테고, 노을이 펼치는 황혼이 모든 삶을 위로할 것이다. 좀 더 정확히 말하자면 인생의 궤적을 표현한 곡선 그래프들을 산의 오르내림으로 표현하고 싶었다. 어쩌면 삶의 궤적(그래프)을 산을 오르내리는 것으로 비유하는 것은 내가 좋아하는 김민기의 노래 〈봉우리〉 때문일지도 모른다.

'혼자였지. 난 내가 아는 제일 높은 봉우리를 향해 오르고 있었던 거야. 너무 높이 올라온 것일까. 너무 멀리 떠나온 것일까. 얼마 남지는 않았는데 잊어버려. 일단 무조건 올라 보는 거야. 봉우리에 올라서서 손을 흔드는 거야. 고함도 치면서. 지금 힘든 것은 아무것도 아냐. 저 위 제일 높은 봉우리에서 늘어지게 한숨 잘 텐데 뭐. 허나 내가 오른 곳은 그저 고갯마루였을 뿐. 길은 다시 다른 봉우리로. (중략) 혹시라도 어쩌다가 아픔 같은 것이 저며 올 때는 그럴 땐 바다를 생각해. 바다. 봉우리란 그저 넘어가는 고갯마루일 뿐이라구.'

106

그림 가운데 두 개의 산을 두고 모든 부분을 칠한 뒤, 어떤 색으로 나머지를 칠할까 고민하다 말았다. 불완전한 그림 같아 보여도 그대로 두기로 했다. 색으로 그림을 가득 채우기 싫었다는 표현이 적절할 것이다. 유창한 첫 연설을 끝내고 칭찬을 기대했던 영국 초선 의원에게 윈스턴 처칠이 다가와 "다음부턴 좀 더듬거리게"라고 했다는 이야기가 떠올랐다. 다른 이를 설득하는 데 완벽함은 부족함보다 못하다. 경청보다는 경계를 일으키니 말이다. 내 생각을 반영한 그림이니 미흡한 초보의 미흡한 그림 그대로가 공감을 얻기에 나을 것 같았다.

하지만 그림을 다 그리고 나서 보니 이런 생각들이 그저 쓸데없는 변명이란 생각이 들었다. 생각을 늘어두기만 했지, 뭔가 그리다 만 그림으로 보이는 이유는 심각하게 부족한 표현 능력 때문이다. 이우환 선생의 작품을 볼 때마다 평생 선긋기에만 천착했다는 느낌을 받는다. 가장 기본적이지만 가장 힘들고, 쉽게 그을 수 있지만 가장 깊게 고민해야 만들어낼 수 있는 선의 규칙성과 율동성을 구현해낸 것일 테다. 하지만 내게는 기본적인 표현 능력조차 없는 상황이다.

고민은 그림에 다양한 아이디어를 제공하지만, 결국 그림의 수준은 표현법이 만들어낸다는 생각이 들었다. 나도 모르게 내가 글 쓰는 방식을 그림에도 적용하는 것은 아닌가 하는 생각이 들었다. 글은 취재를 통해 수많은 글감을 모은 뒤 그걸 얼마나 현명하게 버리냐에 따라 승부가 갈리는데, 그 과정 자체가 글쓰기에서는 표현법이라고 볼 수 있다. 아무리 아름다운 글도 사실이 주는 힘만 못하다. 꾸미는 능력보다는 취재하는 능력이 낫다는 뜻이다. 반면, 그림은 독창적인 표현법 자체가 훌륭한 그림이다. 난 아직 내 세계를 표현하는 데 서툴다. 다시 그림 자체를 배우는 교육 트랙으로 돌아가야겠다는 생각이 들었다.

사업 실패 22년 만에 아들의 유도장 개설까지 매일 꾸준히 노력했을 이씨를 떠올려보니, 나는 그림이나 삶에서 너무 빨리 열매를 맺으려 했던 건 아니었나 싶다. 공자는 '싹은 났지만 꽃이 피지 않는 것이 있고, 꽃은 피었지만 열매를 맺지 못하는 것도 있다'고 했다. 남의 속도에 맞출 필요도 없고, 남만큼 큰 열매를 맺어야 하는 것도 아니다. 그저 내가 직접 품어 낳은 것이면 족하다. 다시, 연습이다.

'진짜 같은 것'은
결코 '진짜'가 될 수 없다

어쩌면 실수를 하기 위해 그림을 그리는지도 모른다.

AI의 영역에서 보면 명백한 실수지만,

인간의 창조적 영역에서 보면 개성이다.

수만 번의 붓질을 하며 수많은 실수가 겹쳐지고

똑같을 수 없는 단 하나의 작품이 탄생한다.

수많은 실수를 반복하며 지금의 내가 된 것처럼.

그레졸레는 프랑스 남동쪽에 있는 작은 마을이다. 270명 정도가 사는 조용하고 한적한 산골마을로 낙농업이 주산업이다. 새끼 소들이 언덕 곳곳에서 어기적어기적 걸어 다닌다. 붉은색 벽돌집들과 고택을 리모델링한 호텔 몇 개가 고즈넉한 분위기를 자아낸다. 연보랏빛 철재 기둥이 독특한 빵집과 그 옆에 있는 그레졸레 레스토랑이 마을의 중심부에 있다. 레스토랑에서 맥주 한잔을 나누고 있으면 기타와 하모니카 연주에 흥이 난다. 빵집 건너편 식료품점 창문에는 동네에서 열리는 이벤트를 알리는 팸플릿이 가득 붙어 있다. 그중 기와를 만드는 모임이 구미를 당긴다. 도로에 중앙차선도 없지만 한적하니 운전하는 데 어려움은 없다.

마을에서 언덕길을 따라 조금만 내려가면 그레졸레 교회가 나온다. 19세기에 지은 것으로 벽돌 곳곳에 보이는 균열과 훼손 때문에 걱정이 많다고 한다. 수리를 위해 모금을 진행하고 있지만 시골 마을이니 쉽지 않은 모양이다. 교회의 종은 처음 지었을 당시부터 있었던 거란다. 담쟁이가 2층 집을 타고 오르고 전나무가 마을 곳곳에서 자란다. 마을의 가장 높은 언덕에는 그레졸레 성당이 있다. 50여 점의 조각을 품고 있는 유산으로 동네 사람들이 명소로 꼽는 곳이다. 동쪽으로 펼쳐진 능선과 초원이 일품이고, 나무 아래 놓인 벤치에 앉아 성당을 한눈에 담는 것도 좋다.

　여기까지가 구글에서 한 시간 동안 찾은 그레졸레에 관한 정보다. 구글 지도에서 스트리트뷰를 통해 360도 3D 이미지를 얻었고, 성당에 대해서는 프랑스 사이트에 들어간 다음 구글 번역기를 이용해 알아냈다. 레스토랑에서 연주를 들을 수 있다는 정보는 페이스북에서 찾았다.

　나는 이렇게 스트리트뷰를 통해 얻은 이미지를 그리기로 했다. 즉, 컴퓨터로 여행한 곳을 그리려는 것이다. 내가 그리기로 결정한 풍경은 그레졸레 마을 한복판에 있는 빵집 건물과 레스토랑 건물 사이에 난 길이다. '르부흑'이라는 지명이 하얀색으로 써 있고, Google(구글)이라는 브랜드도 하단에 분명하게 나와 있다. 구글 지도에는 늘 있는 나침반 이미지와 사진의 부분 이미지를 확대하고 줄이는 '+', '-' 아이콘도 그대로 두기로 했다.

　군이 숨길 필요가 없다. 구글이 제공하는 스트리트뷰보다 더 나은 순간을 포착하려면 현장에 가야 하고 계절과 날씨도 도와줘야 한다. 내가 구글보다 많은 곳을 가볼 가능성은 없고, 더 훌륭한 장면을 포착할 가능성도 훨씬 낮다. 10년 전만 해도 컴퓨터는 그저 인간의 창조를 돕는 도구였다. 하지만 지금은 자연을 프레임에 담는 사진가보다 AI가 더 빠르게 미적 가치가 있는 장면을 골라내는 세상이 되었다. 포털이 내 콘텐츠를 유통하는 창구가 아니라 외려 창조물을 제공하고 인간인 나는 그것을 모방한다. 이쯤이면 누가 창조자인지 구분하기 힘들어진다.

내친 김에 구글 스트리트뷰로 희망 여행지 몇 곳을 더 찾아보았다. 독일의 노이슈반슈타인 성, 뉴칼레도니아 해변, 호주 울룰루 등이다. 포토샵을 이용해 구글의 스트리트뷰라는 표식을 잘라내니 현지에서 직접 찍은 사진과 크게 다르지 않았다. 특히 노이슈반슈타인 성은 겨울 풍경이어서 나무줄기 곳곳에 쌓인 눈과 순백색의 하얀 성이 어울려 장관이었다. 호주 중부 사막 한가운데 있는 산만 한 크기의 바위인 울룰루는 바람에 흔들리는 갈대와 대비가 되는 식으로 우뚝 서 있는데, 이곳을 신성한 곳으로 부르는 이유를 알 듯했다. 뉴칼레도니아 해변의 스트리트뷰는 난파선이 묻힌 수중까지 이어졌다. 스쿠버 다이빙을 하지 않아도 바다 속 물고기들과 해저의 모습을 볼 수 있었다.

'그럼 이제 직접 여행을 갈 필요가 없지 않을까?' 하는 생각이 들었다. 눈으로 보는 여행이라면 그렇다고 볼 수 있다. 장관을 눈에 담으려 한다면 360도로 볼 수 있는 스트리트뷰로도 가능하다. 하지만 그것으로는 바다 내음을 맡는 후각,

오솔길을 걷는 다리의 감각, 앞길에 도사리고 있을 것 같은 위험을 감지하는 육감, 폭포수 옆 수증기보다 작은 입자로 이루어진 물바람이 팔에 스쳐가는 감각 등을 느낄 수 없다. 여행에서 만나는 장관이 단지 눈으로만 느끼는 건 아니다.

그렇다면 한 단계 더 나아가서 가상현실을 보여주는 AI가 발달해 오감마저 느낄 수 있다면 그래도 여행을 직접 가야 할까? 스티븐 스필버그의 영화 〈레디 플레이어 원〉처럼 바닥이 움직여 몸이 직접 등산을 하는 것처럼 환경을 만들어주고 산내음을 뿌려주고 사방의 에어컨이 산바람을 느끼게 해준다면, 그때도 우리는 진짜 여행을 가야 한다고 말할까?

아마도 그럴 것이다. 진짜 여행은 내 한계를 느끼고 많은 변수를 맞닥뜨리고 실수와 실패를 할 수 있기 때문이다. AI는 완벽을 향해 전진하고, 더욱 완벽하게 여행의 오감을 충족시키겠지만, 숙소를 잘못 예약해서 온몸으로 한참을 설명하는 것도, 유명 관광지를 찾아가다가 길을 잘못 들어 한적한 호숫가에 이르고 갑작스런 사색의 시간을 맞는 우연한 환경을 만들어내기는 어려울 것이다.

김미진 작가는 『로마에서 길을 잃다』에서 "여행은 지도가 정확한지 대조하러 가는 게 아니다"라고 했다. 지도를 접고 여기저기 헤매면 차츰 길이 보이고, 어딘가를 헤매고 있는 자신의 모습이 보인다는 것이다. 곳곳에 숨어 있는 비밀스러운 보물처럼 인생의 신비가 베일을 벗고 슬그머니 다가올 때도 있고 어느 낯선 골목에서 문득 들려오는 낮은 음악처럼 예상치 못한 기쁨이 나를 기다리고 있다고 했다. 길을 잃는 게 여행이라면, AI가 그것을 구현하기는 쉽지 않을 것이다. 길을 잃는 법은 내 오감과, 날씨와, 주변 환경과, 길을 묻기 위해 만난 그 동네 누군가와, 계절과, 여행의 즐거움으로 들뜬 마음과, 온갖 실수를 해대면서도 스스로를 기꺼이 용서하는 사고 작용과, 그 여행을 위해 상사의 지적과 과로를 참아가며 버텨낸 1년간의 직장 생활과, 유년시절 부모와 들렀던 기억 등이 잘 모르는 방식으로 결합한 것이기 때문이다. 데이터로 만들기에는 너무 주관적이고, 혹은 내 유년시절의 경험과 뭔가 왜곡됐을 수 있는 기억부터 심리적 특성까지 결합해야 하니 AI가 이뤄낸다 해도 아주 먼 미래의 얘기일 것이다.

내가 화면 속 이미지를 그림으로 그리겠다고 생각한 건 한 방송 프로그램을 보다가 AI 시스템인 '넥스트 렘브란트'에 대한 짧은 설명을 들었기 때문이다. 마이크로소프트는 네덜란드의 델프트공과대학, 렘브란트미술관과 함께 주로 초상화를 남긴 고전 화가 렘브란트 판 레인의 작품을 픽셀 단

위로 연구해 데이터화했다. 이를 토대로 넥스트 렘브란트가 렘브란트 특유의 화풍과 스타일을 학습하게 했다.

먼저 넥스트 렘브란트는 렘브란트 그림에 등장한 인물들의 성별, 나이, 머리 방향, 머리카락 양 등을 분석해서 '모자를 쓰고 검은 옷을 입은 30대 백인 남성의 초상'이라는 키워드를 얻었다. 또 유화의 특성상 물감의 덧칠에 따라 캔버스 위에 쌓인 물감의 높이가 다르기 때문에 3D 지도를 이용해 물감을 겹쳐 칠하는 방법을 택했다. 이런 과정을 거쳐 결과적으로 넥스트 렘브란트는 렘브란트의 화풍으로 새로운 그림을 그려냈다. 하지만 넥스트 렘브란트가 렘브란트의 실수까지 담아낸 것인지는 알 수 없다. 어쩌면 렘브란트에게 자신의 평균적인 작품을 직접 그려 달라는 부탁을 했다면, 그는 '모자를 쓴 백인 남자'가 아니라 걸작 〈야경〉에 등장하는 투구를 쓴 남자를 그렸을지도 모르는 일이다.

어쩌면 나는 길을 잃기 위해, 실수를 하기 위해 그림을 그리는지도 모른다. 선생님은 늘 "같은 사진을 그리라고 해도 모두 다른 그림을 그린다"라고 했다. 색에 대한 선호도가 다르고 아무리 자로 재서 비율을 맞춰 그려도 인간은 실수를 한다. 정확히 정정하자면 사진이나 AI의 영역에서 보면 실수지만, 인간의 창조적 영역에서는 개성이 된다. 도화지 위에서 수만 번 연필을 놀리거나 붓질을 하는 동안 실수에 실수가 겹친다. 인생의 수많은 실수가 겹쳐 그나마 만족스럽다고 합리화할 수 있는 지금의 내가 된 것처럼 우연의 힘은 신기할 정도로 아름답다.

구글 스트리트뷰를 캡처한 그대로 도화지에 옮겨보고 싶다고 선생님께 말했다. 창조자가 구글인지 나인지 알고 싶기도 하고, 미래에도 그림이 의미가 있을지 궁금하다고 했다.

선생님은 "사진을 그림으로 옮기면 저작권법상 그 그림의 저작권은 화가에게 있어요. 그리는 행위 자체에 창조라는 의미를 부여해준 거죠"라면서 재미있는 주제라고 했다.

아직 크게 미흡한 내 그림 실력으로는 사진을 그대로 옮기는 것이 스케치부터 불가능했다.

"사진에는 사잇길에 있는 집이 아주 작은데 원래보다 크게 그렸네요. 그림이니까요. 화면을 크게 차지하는 큰 건물 두 개가 아니라 사잇길에 집중하셨나 봐요."

실력이 부족한 탓도 있고, 또 귀찮기도 해서 디테일한 부분은 생략하고 단순화했다. 사진 속 거친 벽의 느낌이 숫제 마음에 들지 않아 물을 잔뜩 섞어서 물감이 번지는 효과로 여기저기 얼룩이 진 벽을 그려 넣었다. 빵집 창문의 블라인드는 제대로 그릴 가능성이 없어 생략했다. 그림의 중반까지

구글 스트리트뷰(아래)를 보고 그린 그레졸레 마을(위)

그려놓고 나머지 채색은 다음 주로 미뤘다. 취미로 그리는 그림이니 전쟁하듯 빠르게 마칠 필요가 없었다.

선생님이 "벌써 사진하고 크게 다른 그림인 것 같네요. 그게 그림이에요"라고 말했다.

붓질을 하는 동안 느끼는 평온함을, 색감을 칠할 때 마음속에서 떠오르는 폭발할 것 같은 열정을 AI가 느끼게 되는 날도 올까 싶었다. 아직은 AI를 인정하기 싫었다. 그도 그럴 것이 계산하는 대로 인생을 살 수 있다면 그 삶은 얼마나 지루할까, 더 비싸고 훌륭한 계산 능력을 가진 AI를 소유한 사람이 인생에 더 성공한다면 양극화는 얼마나 더 심해질까, 약자가 최선의 수와 우연의 힘으로 정상에 서는 일이 없다면 사람들이 스포츠 경기에 열광할까? 2050년이 되면 인류는 AI와 공존한다지만, 나를 표현하는 건 나만이 할 수 있는, 아니 적어도 내가 할 일이 아닌가 싶다.

어른의 머릿속에서
생각을 몰아낸다는 것

마흔을 넘으면서 생각을 몰아내는 게 점점 중요해진다.

생각을 버린다는 건 정신건강을 관리한다는 의미다.

그 방법이 취미든 가족과 함께하는 시간이든

직장업무나 학업에 묻혀 바쁘게 지내야 하는 환경이라면

짧더라도 자주, 쉽게 집중할 수 있는 게 하나쯤 필요하다.

현재 내게는 가족과의 산책, 그리고 미술이다.

오후 4시가 지났다. 화실 수업 시간은 2시간인데 이미 3시간을 훌쩍 넘겼다. 금요일 하루는 일찍 퇴근하는 선생님 눈치가 보였다. 물론 연이어 "진짜 괜찮아요"라고 했지만 직장인의 마음이야 다 같을 게 분명했다. 집으로 돌아가 마무리를 하겠다고 말하고는 자리에서 일어서려 했더니 "한번에 마무리할 수 있으면 그게 가장 좋아요"라고 한다. 바쁜 일상에서 그림을 그리는 게 쉽지 않음을 이해한다는 의미인 듯했다.

이날은 데이비드 호크니가 1972년 그린 〈예술가의 초상(두 사람이 있는 수영장)〉을 모사하겠다는 꽤 오래된 목표를 실행하는 날이었다. 경매에서 1,000억 원 이상의 가격에 팔려 더 유명해진 작품이다. 사실 화가의 독창성을 모방할 수는 없겠지만, 그림 안에 있는 단순함이라는 키워드를 모사하는 건 크게 어렵지 않은 것처럼 보였다. 물론 그림 수준은 논외로 했을 때 말이다.

그럼에도 그림을 배우기 시작한 지 6개월이 훌쩍 지난 이제야 시도하는 건 호크니의 화풍에 대해 나만의 정의를 내리는 데 오랜 시간이 걸렸기 때문이다. 뭔가 알 수 없는 감성적인 편안함이 느껴지는데 그 정체를 정의하기가 힘들었다. 쉽게 말하면 왜 그의 그림이 1,000억 원이나 호가하는지 알 수 없었다. 모사의 핵심은 그림의 형태를 그리는 게 아니라 작가가 담으려 했던 무언가라고 생각해서 꽤 미뤄뒀던 터였다.

호크니의 작품 중 가장 마음을 끈 건 수영장 연작이다. 그가 동성애자이기 때문에 수영장에 벗은 남자를 등장시켜 그렸다는 이야기도 있다. 실제 전라나 반라의 남성들이 등장하기도 한다. 하지만 내가 좋아하는 작품들에서 호크니의 수영장은 누군가를 노출하지 않고 감춘다. 〈예술가의 초상〉에 등장하는 남성은 물 밑으로 잠수를 하고, 〈더 큰 풍덩〉에서는 누군가 수영장에 뛰어들고 난 뒤 이는 물거품이 핵심이다.

통상 사진이든 기사든 간에 언론은 가장 화려하고 중요한 순간을 포착하려 애쓰는 데 반해 호크니의 그림은 그 외 별 쓸모없어 보이는 시간을 포착한다. 사람이 뛰어든 이후 이는 물보라, 이미 수영을 한 뒤 수영장을 나가는 두 남자, 아무도 없는 잔디밭에서 돌아가는 스프링클러 등이다. 〈예술가의 초상〉에서 잠수한 남자를 바라보는 예술가의 모습 역시, 남과 다른 감수성이 아니라면 포착하기 힘들어 보인다.

다른 이가 쉽게 보지 못하는 소외된 장면을 포착한다는 점에서 예전에 했던 한 유명 등산가와의 인터뷰가 생각났다. 나는 그에게 "다큐멘터리를 보면 히말라야에 오른 등반가들이 정상에서 태극기를 들고 사진을 찍는 장면으로 끝나는데,

하산은 헬기로 하거나 등산보다는 좀 편한 과정인가요?"라고 물었다. 그는 "오를 때 힘을 다 썼기 때문에 내려올 때가 오히려 더 위험한 건 동네 뒷산을 오르나 히말라야를 오르나 매한가지"라며 "다만, 사람들이 오르는 일에 더 의미를 두기 때문이 아니겠냐"고 했다.

내려오는 길에 등반가의 생사가 결정된 경우도 많다니, 그저 다큐멘터리에서 하산 과정이 소외되는 건 대다수의 시청자가 정상을 찍는 데만 관심을 집중하는 탓인지 모르겠다. 안 보이는 순간을 포착하는 호크니는 꽤나 섬세하고 따뜻한 성품의 소유자일 거란 생각을 했다.

누군가 수영장에 멋지게 뛰어들거나 시원하게 물살을 가르거나 수영을 마치고 머리를 쓸어 넘기는 장면이 아니라 물속으로 침잠한 순간을 포착한, 독창적이고 따뜻한 매력이 그의 그림에 담겨 있다고 생각을 정리했다.

이런 생각을 바탕으로 호크니의 도록을 보면서 그의 그림 중 모사해 넣을 포인트들을 골라냈다. 우선 그의 작품 〈더 큰 첨벙〉에서 낮은 1층 빌라, 빈 의자, 누군가 뛰어든 후 수영장 물결의 물보라를 차용하기로 했다. 비정상적으로 길게 하늘로 뻗은 야자수도 넣기로 했다. 〈잔디밭의 스프링클러〉에서는 잔디의 표현법과 펜스를 차용했고, 〈할리우드 수영장〉에서 물결의 율동성을 나타내기 위해 사용한 물결 표현법은 수영장 내부 벽의 무늬로 이용했다.

호크니의 그림을 모사하겠다고 했을 때 선생님은 "호크니의 그림을 감상할 때는 단순하다는 말을 하지만 실제 표현은 상당히 세밀해요. 빛의 효과도 극대화해야 하니까 이런 점에 유념하세요"라고 예상 외의 얘기를 들려줬다.

실제로 〈더 큰 첨벙〉을 자세히 살펴보니 1층의 낮은 빌라는 단순한 직사각형처럼 보였지만, 창문에 어린 야자수, 규칙적인 창문틀, 커튼, 잔디, 명암 등이 복잡하게 얽혀 있었다. 또 야자수는 단순한 긴 막대기가 아니라 잎의 율동성은 물론이고 야자수 나무 주름까지 표현되어 있었다. 잔디도 풀잎을 하나하나 일일이 그려내야 했다. 따라서 그리는 속도가 늦어진 건 당연했다. 하지만 선생님은 이후 어떤 조언도 하지 않았다. 인내심을 갖고 기다려주는 것보다 현명한 교육은 없다는 것을 아는 듯이 말이다.

결국 4시간을 넘겨서 조악하나마 호크니의 스타일을 내 나름대로 베껴본 그림을 끝냈다. 예상 외로 단순 반복 작업이 많았고 손이 많이 갔지만, 반복하는 작업 덕에 생각을 온전히 비우고 집중할 수 있었다. 하늘이나 물을 칠하려고 색을 섞으며, 호크니가 주로 사용하는 파란색이 마음을 안정시

호크니의 그림을 모사하다

키는 파장 같은 것을 갖고 있다는 느낌도 받았다.

물론 호크니가 구현하는 '단순함의 미학'을 따라갈 수는 없었다. 하지만 그림을 모사하며 호크니가 보여주려 했던 그만의 세상에 대해 나름의 생각이 정리됐다. 그림을 그리기 전에 남이 보지 못하는 순간을 포착하는 따뜻함으로 호크니의 작품을 분석하려 했다면, 모사를 한 뒤에는 미국의 유명 화가인 알렉스 카츠의 한 줄 평에 크게 공감했다.

"억지로 뽐내거나 잘난 척하지 않고, 분노도 없고 심각해 보이려는 어떤 장치도 하지 않는다. 그런데 평범해 보이는 이미지에서 눈을 뗄 수 없다."

카츠의 평을 내 개인적인 표현으로 바꾸자면 "호크니의 그림을 이해하기 위해 심각해질 필요도 없고 어려운 생각을 동원할 필요도 없다. 그냥 편한 오랜 친구와 늘상 즐기던 커피 한 잔 하듯 그저 바라보면 족하다"정도로 정리할 수 있겠다. 물론 여전히 호크니에게는 남들이 보지 않는 순간을 포착하는 감수성과 따뜻함이 있다고 생각하지만, 굳이 작품이 좋은 이유를 분석할 필요는 없었다는 뜻이다. 그의 작품은 '생각하지 않을 수 있는 짧은 시간'을 선물했던 셈이다.

마흔을 넘으면 생각을 몰아내는 게 점점 중요해진다. 직장에서 미운 사람이 늘고, 마음대로 되지 않는 일에 자주 화가 오른다. 하다못해 도로에서 나를 추월한 차를 따라잡고 싶은 충동이 든다. 내 탓보다 남에게서 잘못을 찾고, 손해 보는 것 같은 일에 점점 짜증이 난다.

내게는 조용한 미술관을 가는 게 생각을 몰아내는 오래된 방법이다. 유명한 명작을 보러 관객이 가득하고 번잡한 미술전을 갈 때도 있지만, 어쩔 수 없을 때만 그렇게 한다. 최근 시작한 '명상'도 생각을 몰아내는 좋은 방법 중 하나다. 아직은 매일 명상을 하기에 여유가 부족하지만 잠시라도 눈을 감고 그 무엇도 생각하지 않으려 해본다.

흔히 명상은 참선, 호흡 명상, 에너지 명상 정도로 구분된다고 한다. 주로 스님들이 토굴에서 화두를 갖고 진행하는 참선은 많은 생각을 모으고 정리하고 그 생각을 뛰어넘는 것이라니 쉽게 흉내 낼 일은 아닌 듯했다. 외려 온갖 잡생각에 싸여 답답함만 늘지도 모르겠다는 두려움도 있었다.

가끔 가는 요가 수업에서 배우는 에너지 명상은 좀 더 쉬운 방식인 듯했다. 생각을 버리고 손 안의 에너지를 느끼려고 집중하는 도중에 생각이 사라지는 식이다. 사람마다 다르지만, 개인적으로는 두 팔로 안을 수 없을 정도로 거대하지만 공 모양의 기 덩어리를 느끼곤 한다. 비슷한 명상을 하는 다른 사람들의 얘기를 들어보면 유동적인 곡선의 기 흐름을 느끼거나 더 집중하는 경우는 가상의 새가 날아가고 꽃이 피는 것도 경험한다고 한다. 특별한 것을 느낀다기보다 꿈에서 무의식의 형상들이 보이듯 생각을 버린 뒤 무의식의 형상이 떠오르는 것은 아닌가 개인적으로 생각한다.

어떤 방법이 되었든 중요한 것은 생각으로부터 나를 격리시킬 수단을 찾아야 한다는 것이다. 나쁜 생각을 되풀이하는 패턴을 끊고 내 정신건강을 관리해야 한다.

그 수단은 취미가 될 수도 있고, 가족과 함께하는 식사시간이 될 수도 있다. 맑은 봄날 나무 아래서 읽은 한 권의 책, 고즈넉한 여행, 눈물을 펑펑 흘리게 한 한 편의 영화일지도 모른다. 숲속 맑은 공기나 개울 소리, 산사의 목탁 소리일 수도 있다. 꼭 오랜 시간을 투자해야 효과가 큰 것도 아니고, 하나만 해야 하는 것도 아닌 듯싶다. 다만, 직장 업무나 학업에 묻혀 바쁘게 지내야 환경이라면 짧지만 자주, 쉽게 할 수 있는 게 하나쯤 필요하다는 생각을 해본다. 현재 내게는 가족과의 산책, 그리고 미술이다.

그림을 그릴 때는 일을 하는 뇌와는 사뭇 다른 뇌 부위를 사용하는 것 같은 느낌이다. 흔히 글쓰기는 좌뇌를, 그리기는 우뇌를 사용한다니 실제 그럴지도 모른다. 중요한 건 매일 글을 쓰느라 지친 좌뇌를 쉬게 해주는 느낌을 받는다는 것이다. 돌아보면 나는 늘 현재가 아닌 미래를 살았다. 좋은 대학에 가야 하고 취업을 해야 하고 승진과 높은 연봉을 위해 노력하고 노후 준비를 해야 한다. 미래를 준비하느라 지금이 불행해질지도 모른다.

고교 시절 수학여행을 가면 마지막 날 밤에 캠프파이어를 한다며 활활 타오르던 장작더미에 둘러 앉아 친구들의 장기 자랑을 즐겼던 기억이 선하다. 결국 장작은 모두 타고 재가 될 무렵 우리는 촛불을 하나씩 든 채 소원을 빌었다. 뜨거웠던 순간은 지나가고 작은 불빛 하나에 의지해 내 마음을 들여다보는 순간이었다. 그림 그리기가 지금의 나에게 잡념을 몰아내기 위한 촛불의식 같은 것이라는 생각을 해본다.

오래된 것들은
모두 다 아름답다

박노해의 시처럼 그저 정직하게 낡은 것은 모두 아름답다.

이가 나가도 아깝다며 엄마가 평생 버리지 못한 컵에는

돌아가신 할머니와의 추억이 담겨 있을 것이다.

바늘이 부러진 전축, 금이 가 쓰지도 못하는 장독,

솜이 삐져나올 때마다 기운 누비이불 등

실용성과 동떨어진 아름다움은 곳곳에 깃들어 있다.

"오늘은 제가 사는 아파트를 그려보고 싶어요. 사실 어린 시절부터 아파트에 살아서 아름다운 자연으로 둘러싸여 자란 친구들이 부러웠어요. 자연과 어우러진 주택의 풍경은 뭔가 사람 사는 곳 같죠. 주인의 개성과 생활습관, 직업, 가족애 같은 게 집에 고스란히 반영되는 것 같아요. 사실 아파트는 일종의 '아래 등급' 추억인 거 같았죠. 그런데 요즘 들어 사람의 손때가 묻은 곳은 모두 아름답다는 생각이 들었어요. 그냥 그래서 아파트를 그려보고 싶어요."

"저도 아파트에 쭉 살았는데, 재미있는 주제네요. 아파트 사진만 찍은 유명한 사진작가들도 있어요. 한번 그려볼 만한 것들을 찾아보죠."

선생님이 아이패드에 모아놓은 여러 작품을 보여주었다. 일본의 한 놀이터를 위에서 내려다본 사진이 눈에 띄었다. 아이들이 꽤 놀고 있으니 텅 빈 놀이터는 아닌데 번잡하지 않고 고즈넉했다.

"이 사진의 구도가 상당히 매력적이고 특이해서 스크랩을 해두었는데, 한번 그려봐도 좋을 것 같아요."

예술적으로 고차원의 구도였고 낯선 풍경에 눈길이 가기는 했다. 그렇지만 내가 자란, 혹은 살고 있는 한국의 아파트를 그려보고 싶었다. "아파트에서 벌어지는 그저 일상적인 모습을 담고 싶어요. 선생님 10분만 사진 좀 찍고 올게요"라고 말하고 2층 화실에서 내려왔다.

한국 아파트의 이미지를 머리에 떠올려보니 온갖 드라마나 영화 등에서 등장하는 버스 정류장이 떠올랐다. 시골이 아니어도 출퇴근 시간만 피하면 버스 정류장은 한적하다. 그럴 때는 버스정류장 근처에 굴러다니는 쓰레기도 정겨울 때가 있다. 근처에 커피점이 많으면 종이 컵 한두 개가 의자에 놓여 있고, 초등학교 근처 버스정류장에는 핫바 껍데기나 아이들이 떡볶이를 먹고 버린 양념 묻은 컵이 있다.

운이 좋다면 주위에 가로수가 시원하게 늘어진 버스정류장을 만날 수도 있다. 인위적으로 밀폐된 공간보다 자연스런 그늘이 주는 청량감이 있다. 수십 년이 된 가로수가 아파트의 5층 높이를 넘어서고 10층까지 이르는 것도 봤다.

내가 사는 아파트 앞 버스정류장을 휴대전화로 찍어 화실로 돌아가는 중에 며칠 전 기억이 떠올랐다. 오랜 것의 아름다움에 대해 생각하게 된 계기였다.

그날은 집에 들어서니 1970~1980년대 팝송이 거실을 가득 채우고 있었다. "이게 뭔데?"라고 물으니 "루퍼트 홈스의 〈이스케이프〉잖아"라고 초등학생 아들이 말했다. 스마트폰으로 찾아보니 1970년대 마지막 빌보드차트 싱글 정상에 올랐던 노래라는데 대체 누가 알려줬는지 모를 일이었다.

"가오갤(마블이 제작한 영화인 〈가디언 오브 갤럭시〉)에 나오는 노래야."

"아빠 근데 퀸은 천재인 거 같지 않아? 〈위 아 더 챔피언〉 같은 노래 말이야."

"당연하지!" 하고 대답하고는 그룹 퀸의 맴버들이 처음 만난 계기부터 프레디 머큐리의 죽음, 1985년 라이브 에이드 공연까지 설명해주려다가 말을 멈췄다. 스스로 알아가는 재미도 있을 테고 내 추억은 주로 내게만 의미가 있기 때문이다. 아이에게 너무 알려주려고만 한다는 아내의 지적도 있던 터였다. 누군가에게 뭔가를 알려주는 걸 공감이라고 잘못 생각하는 습관이 있다고 스스로도 느끼던 차였다.

아이가 유치원을 다닐 때 '아빠와의 농촌 체험'에 참가한 적이 있다. 나를 포함해 대부분이 30대였는데, 결혼을 늦게 했다며 유독 겸연쩍어하던 두 장년 아빠가 있었다. 50대 초반이라 많게는 20살 차이가 나는 젊은 아빠들과 경쟁하기가 뻘쭘했던 모양이었다. 그런데 50대 아빠들은 꽤 깊은 저수지에서 아이들의 뗏목을 끌어주며 수영 실력과 체력을 뽐내더니 미꾸라지 잡기 때는 타의 추종을 불허하는 솜씨를 보여주었다. 그리고 직접 경운기까지 몰며 아이들을 태워주자 아이들은 너도나도 같이 놀겠다고 몰렸다. 50대 아빠는 어릴 때 시골에서 자랄 때 생각이 난다며 환하게 웃었다.

그때부터인가, 아파트에서 태어난 아이에게 자연의 추억을 심어주지 못하는 게 다소 아쉽다고 생각했다. 산열매를 따 먹고, 콩을 불에 그슬려 먹는 것같이 자연과 함께한 추억 이야기를 지인들에게서 듣다 보면, 나는 뭔가 온실에서 자라 쉽게 시드는 상추 같았다.

그럼에도 영화를 보면서 제 스스로 1970~1980년대 음악을 찾아 듣는 아이를 보며 저만의 추억을 쌓겠지 했다. 첫사랑도 하고, 첫 싸움도 하고, 첫술도 마시고 말이다. 자연과의 추억을 많이 만들어주려고 노력하겠지만, 어쩌면 아파트 키드의 추억도 지나고 보면 그 자체로 아름답겠구나 싶었다.

돌아보면 13평짜리 서울 동작구 신대방동 신생원호아파트는 내게 가장 아름다운 곳으로 남아 있다. 5층짜리 아파트였는데, 휴일이면 바로 앞에 있는 여중 담벼락을 뛰어 넘은 뒤 운동장에서 하루 종일 축구를 하다가, 각 집에서 저녁을 먹으라는 엄마들의 불호령이 담 너머로 들려오면 그제야 미적미적 집으로 돌아왔다. 식은 연탄재에 눈을 뭉쳐 진지를 구축하고 눈싸움을 하다가, 얼굴에 눈덩이를 맞는 날에는 누가 먼저랄 것도 없이 서로 화를 내며 연탄 부스러기들을 집어 던졌다. 팽이, 딱지, 구슬, 고무줄 놀이 같은 걸 하느라 신발 밑창 닳는 줄 몰랐고 야구선수가 되겠다고 담벼락에 공을 던지다 신발이 너무 빨리 헤져 혼났다. 동네 어른이라도 지나갈라 치면 모두 동작을 멈추고 큰 소리로 합창하듯 인사하던 시절이었다. 동네가 아이를 키웠다.

그때도 동네 어르신들은 애들이 뛰어놀 데가 없다고 걱정하셨고, 도시 생활만 해서 담력이 약하다고 우려했다. 그러니 지금 아이들이 학원만 다닌다고 너무 심각하게 걱정할 필요는 없을 듯싶다. 제 방식대로 유년을 채워가고, 오랜 시간이 지나면 나름의 이유로 아름다운 추억일 될 테니 말이다.

시인 박노해 선생과 건축가 승효상 선생은 "오래된 것들은 모두 다 아름답다"고 했다. 물론 꼭 고궁이나 100년 넘은 식당, 오래된 독립 서점만 아름다운 건 아니다. 시인의 시처럼 그저 정직하게 낡은 것은 모두 아름답다. 이가 나가도 아깝다며 엄마가 평생 버리지 못한 컵 한 개에는 돌아가신 할머니와의 추억이 담겨 있을 것이다. 이사 갈 때마다 끝끝내 끌고 오는 브라운관 텔레비전 화면을 보며 어릴 적 자식들과 주말의 명화를 보던 추억을 떠올리는지도 모른다. 바늘이 부러진 전축, 금이 가 쓰지도 못하는 장독, 솜이 삐져나올 때마다 기운 누비이불 등 실용성과 동떨어진 아름다움은 곳곳에 깃들어 있다.

　화실에 들어와 스케치를 시작했다. 가장 흔히 볼 수 있는 일상적 모습이지만 그리기는 상당히 까다로웠다. 아파트 창문과 늘어진 가로수, 버스정류장에 앉은 사람, 정류장에 막 들어오는 버스뿐 아니라 소화전, 버스 안내 전광판, 전신주, 화단을 꾸민 바위, 창문에 비치는 그림자 등 평범한 일상의 한 장면은 꽤 많은 것들의 집합체였다. 평소 같았으면 이처럼 복잡한 요소들은 버리려고 애썼겠지만, 이번에는 하나하나 모두 담으려 했다. 작은 것 하나만 빠져도 일상의 아름다움이 날아가 버릴 것 같은 이상한 두려움이 들었다.

　스케치를 마치고 색칠을 시작했다. "바탕 격인 아파트를 먼저 칠하고, 주변의 나무를 칠하는 게 좋겠네요"라는 선생님의 말을 듣고 아파트 외벽에 페인트를 칠하는 노동자의 기분으로 붓을 놀렸다. 버스 정류장과 정류장 의자에 앉아 있는 두 명의 사람을 칠하는 건 좀처럼 잘 안 됐다. 정류장 지붕은 짙은 파란색 페인트의 곳곳이 벗겨졌고, 사람들은 표정까지 나타내기에는 너무 작았다. 연두색 버스의 창문에 비치는 풍경을 담아내는 것도 어려웠다. 선생님은 "사진에 보이는 그대로 그리는 거예요"라 쉽게 말했지만, 결국 시범을 봐야 했다.

버스 정류장이 있는 동네 풍경

12시부터 시작해 3시 30분간 그렸지만 반만 채색을 끝냈다. 나머지는 다음 주에 마무리 짓기로 했다. 내가 사는 아파트는 스물한 살의 나이를 감추려고 페인트칠을 자주 한다는 게 떠올랐다. 그때마다 비슷한 색으로 칠을 했는데, 그걸 보며 나는 과감한 색을 쓰면 새 아파트처럼 보일 텐데 싶었다. 하지만 비슷한 생활의 궤적들이 특정한 동네의 풍경을 만들어내는 것처럼 겹겹이 비슷한 색으로 덧칠하는 게 외려 맞을 듯싶었다.

사람은 결국 안 변한다고 믿게 되는 것도 매한가지일 것이다. 수십 년간 비슷한 색으로 덧칠한 삶을 파격적인 색으로 덧칠한다고 그 기저에 있는 삶의 궤적까지 바뀌는 것은 아니니 말이다. 그래서 '마흔 이후의 얼굴은 자신이 책임져야 한다'는 말이 있구나 생각하며 다음 주를 기약하고 스케치북을 덮었다.

열정은 뜨겁기보다는
뭉근한 것

내게 열정은 태양같이 뜨거운 것이 아니다.

열정은 남에게 말하지 못하는 마음 한편에 있는

오랜 동안 뜨듯한 달 같은 무언가다.

늘 그곳에 있고 중요한 순간엔 타오를지 모르나,

평소에는 거기 있는지도 모를 만큼

무심한 흔적 같은 것 말이다.

오전 10시에 찾은 국립현대미술관 서울관은 고요하다. 간혹 평일에 쉬게 되면 미술관 문 여는 시간에 맞춰 온다. 그래서 지인 중에는 그림에 대한 내 열정이 대단하다고 오해하는 경우도 있다. 하지만 조용하고 한적한 장소를 찾는 내게 정작 평일 아침 미술관에 어떤 그림이 걸려 있는지는 그리 중요하지 않다.

이날은 사회참여주의를 주창했던 덴마크의 화가 아스거 요른의 특별전이 열렸다. 기분 좋은 우연이었다. 그가 고안한 삼면축구장은 미소 분쟁이 한창이던 냉전시대에 '제3의 길'을 제시했다. 승자와 패자가 있는 게임이 아니라 세 개 팀이 협력해야 이길 수 있는 경기다. 도형 중에 삼각형을 가장 안정적이라고 말하는 것과 연관이 있어 보인다.

특히 "예술 작품의 가치는 보는 이에게 달려 있다. 작품은 관객의 마음속에서 일어나는 영적인 힘보다 더 큰 가치를 가지고 있지 않다"는 그의 말에 동의한다. 사진보다 더 현실 같은 작품도 좋고, 아무런 형태가 없는 각종 '무제'도 좋다. 관객이 직관적으로 생각하거나 느껴도 좋고, 그 기저의 영적 활동에 영향을 주어도 좋다. 정리하자면 그의 명제는 두 가지다. 화가가 담고자 하는 의미가 아니라, 관객의 느낌이 예술 활동의 핵심이다. 또 화가의 창조물이 누군가에게 좋은 영향을 준다면 그걸로 족하다.

화가보다 관객에 무게를 둔 아스거 요른의 시각은 그가 활동한 1950년대와 1960년대에는 선후를 바꾼 개념이었다. 더 나아가 화가가 작품에 담은 열정도 결국 관객이 결정한다. 그러니 열정은 상대적인 개념이다. 본래 기능인 전시보다 조용한 쉼터로서 미술관을 좋아하는 나를 퍽이나 열정이 있는 것처럼 오해하는 것처럼 말이다.

개인적으로 미술에 관심이 있었던 것은 사실이지만 특별한 재능 같은 것도 없이 꾸역꾸역 취미라고 그림을 하게 된 건 주변의 꾸준한 칭찬과 격려 때문이었다. 아내가 첫 학원비를 내버렸고, 화실 선생님은 (나는 분명 과장했을 거라고 생각하는) 칭찬을 지속적으로 해줬다. 그 결과 지금은 꽤나 열정이 있는 것처럼 느낀다. 게다가 그림 그리는 취미에 관한 글로 이렇게 책까지 내게 생겼으니 없는 열정도 만들어야 할 판이다. 그리고 보면 열정 때문에 무언가를 시작하는 것보다, 꾸준히 하다보면 무언가를 잘하게 되고, 그 이후에 열정이 생기는 것 아닌가 싶다.

말콤 글래드웰의 책 『아웃라이어』에는 '1만 시간의 법칙'이 등장한다. 어떤 분야의 전문가가 되기 위해서는 최소한 1만 시간 정도의 훈련이 필요하다는 것이다. 매일 3시간씩 훈련한다면 약 10년, 하루에 10시간씩 투자하면 3년 정도다. 우리는 거장들이 열정으로 무언가를 이뤄냈다고 일종의 환상을 갖곤 하지만 꾸준한 연습의 결과일 확률이 더 크다는 의미다.

칼 뉴포트가 쓴 『열정의 배신』에는 애플의 창업주 스티브 잡스의 사례가 나온다. '열정을 따르라'는 강연으로 많은 청년들을 설레게 한 스티브 잡스 역시 일련의 행운이 겹쳐서 초기의 행운을 얻었다는 것이다. 스티브 잡스는 주변의 컴퓨터광들이 집에서 조립할 수 있는 조립 모형 세트 컴퓨터에 환호하는 것을 보고 IT 전문가인 워즈니악에게 컴퓨터 회로판을 디자인해서 팔자는 아이디어를 냈다. 그런데 그들이 캘리포니아 마운틴뷰의 한 컴퓨터 가게에 이런 아이디어를 내자 외려 조립된 완제품 컴퓨터 50대를 각 500달러에 사겠다고 응답해왔다. 결국 이 첫 사업으로 마련한 자금이 애플 컴퓨터의 모태가 됐다. 그들의 시작은 열정과는 다소 거리가 멀었던 것이다. 칸 뉴포트는 "적어도 잡스 본인에게는 열정을 따르라는 조언이 별로 쓸모가 없었다"고 평가했다.

일에 대한 열정은 더욱 늦게 생기는 것 같다. 처음부터 창조적인 자신만의 능력을 펼칠 수 있는 직업은 별로 없다. 신문사에서는 편집기자가 그나마 예술적 창조성을 상대적으로 인정받는다. 하지만 내 경우 편집부에서 근무했던 초년병 시절 "신문이 네 연습장이냐"는 지청구를 수없이 들었다.

이런 상관의 지적은 틀린 얘기가 아니었다. 기사가 담고 있는 내용보다 많은 사진과 그래픽으로 나의 창조적 무언가를 풀어놓으려다가 정작 독자가 알아야 하는 핵심을 놓쳤기 때문이다. 게다가 당시에는 뭐가 잘못된 건지도 몰랐다. 잘해보고 싶은 일련의 마음가짐을 열정이라 부르고 싶지만, 신입사원의 성급한 욕심이라고 표현하는 게 더 정확하다. 끼리끼리 모여 선배들이 옛 방식만 고수한다며 비판했지만, 돌아보면 열정이란 외려 실력의 산물인 듯하다.

내 경우에는 기자 생활 10년 정도가 지나면서 확고한 신념 같은 게 생겼는데 '사실을 취재하고 합리적으로 판단하자'는 단순한 명제였다. 그리고 이 무렵 열정이라는 것을 처음 느꼈던 것 같다. 내가 취재한 사실들을 몇 번씩 확인하고, 합리적으로 판단하고 여러 전문가들의 의견을 들어본 뒤, 맞다는 결론을 내렸을 때는 뒤로 물러서지 않아야지 했다. 물론 누구도 반론을 제기할 수 없는 생각의 구조물과 함께, 수많은 팩트를 취재하고 재확인하는 성실성과 근면함이 필요하다. 자산과 실력, 그리고 어느 정도의 경험이 바탕이 됐을 때 열정도 생겼다는 뜻이다.

취재차 만난 다수의 평범한 직장인들은 연봉보다 '다른 사람에게 좋은 영향을 준다고 느낄 때' 열정이 솟는다고 했다. 앞에서 언급한 아스거 요른의 두 번째 명제 '화가의 창조물이 누군가에게 좋은 영향을 준다면 그걸로 족하다'처럼 말이다.

대한민국 최고 기업으로 알려진 삼성전자의 직원들을 만나보면, 성과급을 많이 받았냐는 질문보다 삼성전자 스마트폰이 계층 간 정보 격차를 줄이는 데 큰 역할을 했다는 이야기에 좀 더 열정적으로 반응한다. 공무원들도 보장된 연금보다 당신의 작은 정책이 적어도 몇몇 힘든 시민들에게 도움을 주지 않았겠냐고 물었을때 본인의 이야기를 열정적으로 들려준다. 거의 모든 직업은 나름의 방식으로 세상에 기여한다. 열정은 내 업무가 세상의 이로움을 위해 어떤 위치를 점유하고 있으며 어떤 방식으로 기여하는지, 그 메커니즘을 조망할 수 있을 때 더욱 구체적인 모습으로 다가오는 듯싶다. 그러니 열정은 섣불리 청춘에게 갖추라고 말할 수 있는 선전물이 아니라 오랜 삶에서 묻어나오는 결실이라 할 수 있다.

이날 노을이 거의 넘어가는 어스름한 저녁 하늘에 달을 지나치는 비행기를 그린 건, 내게 열정은 태양같이 뜨겁지 않아서였다. 열정은 남에게 잘 말하지 못하는 마음 한편에 있는, 오랫동안 뜨듯한 달 같은 무언가다. 늘 그곳에 있고, 중요한 순간엔 타오를지도 모르지만, 평소에는 거기 있는지도 모른 채 무심하게 지나치는 하늘 한 구석 흔적 같은 것 말이다.

　그러니 열정 같은 소리 하지 말자. 한 걸음씩 가야 하는 길을 열정이라는 축지법으로 건너뛸 수 있는 것처럼 각색하지 않았으면 좋겠다. 더불어 실패도 인생의 자산이라던데, 그래도 실패는 안 하는 게 낫다. 실패마저 인생의 교훈으로 만드는 사람이 어디 그리 흔한가. 군대가 다시는 경험할 수 없는 인생 학교라던데, 사는 것 자체로 교훈은 충분하다. 훌륭한 상관을 모셔서 행복하다지만 그래도 상관은 없는 게 더 낫다. 내가 상관이라도 마찬가지다. 아이를 많이 낳을수록 혜택이 많다는데, 그럼 그렇게 말하는 사람이 많이 낳으면 된다. 억지로 포장해 강요하면 외려 힘 빠진다는 얘기다.

수많은 개성이 모여
거대한 흐름을 만든다

군집이 곧 개성 상실을 의미하지는 않는다.

자연의 흐름을 잘 살펴보면,

행군처럼 모두 같은 방향으로 향하지 않는다.

개개는 무질서하지만 전체는 특정한 패턴을 만든다.

한마디로 질서와 혼돈의 합일체다.

그래서 매력적이다.

"화가들은 패턴 탐험가인 것 같아요."

"패턴 탐험가요?"

"네! 그리려는 대상을 단순화하다 보면 대부분 패턴으로 귀결되니까요."

"그런 성향이 있죠."

"통상 보면 사람들에게는 패턴을 찾고 싶어 하는 공통된 성향이 있나 봐요. 옷이나 가방, 건축 같은 것을 봐도 그렇고요."

"그게 오늘 그림의 주제인가요?"

"네, 자연의 패턴을 주제로 그려보려고요. 우리가 패턴에 관심을 갖는 것은 결국 의식하든 의식하지 못하든 자연이 보여주는 일정한 규칙을 많이 접해서일 것 같아요."

"미술에서 패턴은 중요한 주제예요. 논문을 쓸 때도 자주 등장하죠. 스케치부터 보고 얘기하죠."

선생님과 대화를 끝내고 연필을 집었다. 개인적으로 연필을 쥐면 허공에 한두 번 그어보는 패턴이 있다. 연필이 진하게 그려지는지 보려면 종이에 그어보면 될 일이지만, 그보다는 팔목과 팔꿈치가 제멋대로인지 아니면 팔과 동일하게 움직이는지를 시험하는 일종의 의식이다.

이런 건 필요가 만들어낸 패턴이지만 사실 패턴은 생각보다 본능적인 행위다. 선조들은 이미 시간을 1년, 한 달, 하루 단위로 나누었고, 24시간의 일정한 패턴을 매겨두었다. 물론 해가 뜨고 지는 일정한 규칙 때문이었을 것이고, 농경 시대에 들어서면서 곡식을 심고, 키우고, 추수하고, 굶어야 하는 사계를 구분하며 1년이라는 단위가 중요해졌을 것이다.

통상 집에는 화장실과 부엌, 침실이 필수적으로 있어야 한다. 요즘에는 가족이 모여 담소를 나누는 거실도 필수적인 공간이 된 것을 감안하면 패턴은 진화한다. 진화론에 따르면 자연 역시 가장 효과적인 환경을 만들어내기 위해 변하는데 가장 효율적 형태는 결국 일정한 패턴이다.

물과 영양분의 확산을 위해 뻗어 있는 잎사귀의 물관은 방사형이고, 벌집은 하나하나가 육각형이다. 돌멩이는 서로 부딪히고 닳아 원형이 되고, 용암은 굳어 균열이 생기면서 일정 크기의 육각형의 기둥인 주상절리로 변한다. 자연의 거대한 그림 역시 패턴으로 귀결된다. 바람은 사막의 모래를 도화지 삼아 그림자를 만들어 거대한 곡선들을 연속적으로 보여주고, 산은 침식과 융기를 통해 서로 다른 높이와 기울기를 갖더라도 'ㅅ' 모양의 같은 패턴으로 이웃한다.

같은 패턴의 무늬로 뒤덮인 명품 가방들을 보면 인간이 창조할 수 있는 가장 값비싼 창조물도 자연의 법칙을 모방할 수밖에 없음을 느낀다. 이런 생각들은 결국 '그림에 담아내는 가장 근본적 형태는 자연의 패턴'이라는 결론에 이르게 한다.

미국 라스베이거스에서 2시간 거리에 있는 데스밸리 국립공원에서 내가 감탄했던 것은 자연의 패턴 중 '균열'이었다. 찌는 더위로 흙이 말라 서로 잡아당기다 신기하게도 비슷한 크기의 섬들로 갈라졌다. 요세미티 국립공원의 '하프돔'은 산 하나 크기의 바위가 반쪽만 남아 있는 모습이 압권인데, 정확히 말하자면 그 바위 면에 세로로 난 균열 같은 수많은 무늬가 규칙성을 느끼게 한다. 도자기 표면에 생긴 금이나 나무의 나이테도 시간이 만든 균열의 작품이다. 번개가 푸른 하늘을 가르고 페인트가 갈라진 벽은 여느 추상화 못지않은 형상이 된다.

자연이 잘 쓰는 또 다른 기술은 '대칭'이다. 인간처럼 동물의 대부분은 좌우 대칭이다. 과학적으로는 좌우 대칭일수록 더 많은 짝을 얻는다는 이론도 있다지만 개인적으로는 좌우 대칭의 미세한 불일치에 더 관심이 많다. 인물화를 그리다 보면 일명 '개성'이라고 부르는 외모상의 특징이 좌우 대칭의 미세한 불일치에서 온다는 생각을 하게 되기 때문이다.

나선이나 프렉탈은 조금 더 고급스러운 기술인 듯하다.

초보 화가에게 나선의 황금률을 찾는 것은 상당히 어렵다. 달팽이의 껍질이나 소라를 크게 그려보면 자연과 똑같은 나선을 그리는 게 거의 불가능에 가깝다는 걸 알 수 있다. 『자연의 패턴』, 『물의 왕국』 등을 쓴 과학저술가 필립 볼은 해바라기의 씨들도 나선형으로 배열된다고 설명했다. 그 이유를 정확히 알 수는 없지만 말이다.

프렉탈 구조는 그나마 도화지 위에 난해하지 않게 변주할 수 있다. 쉽게 말하면 작은 구조가 전체 구조와 비슷한 형태로 끝없이 되풀이되는 방식인데 근경에는 큰 산을, 원경에는 작은 산을 되풀이해 그리면서 산세를 표현하는 게 대표적이다.

"얼룩말을 그리는 거네요?"

"네! 자연의 패턴 중에 흐름과 줄에 관심이 있어서요."

짧은 대화를 뒤로하고 계속 스케치를 해나갔다. 흐름은 무질서를 포용하는 질서다. 새는 각기 날아가지만 하나의 군집을 이루며 거대한 책장처럼 다음 장으로 넘어간다. 멸치는 개별로 순식간에 거의 90도 가깝게 방향을 틀지만 멸치의 군집은 물에 젖은 종이처럼 '면이 되어' 심연을 수놓는다. 작은 것이 모여 거대한 하나의 움직임을 이루면 예상치 못한 아름다움이 탄생한다. 혹자는 전체주의, 과도한 애국주의 등의 폐해인 것처럼 말하지만 군집을 이루는 것이 곧 개성을 잃은 것을 의미하지는 않는다. 자연의 흐름은 군인들의 행군처럼 모두 같은 방향으로 향하는 것이 아니라 개개는 무질서하지만 결과는 특정한 패턴이 되는 질서와 혼돈의 합일체다. 그래서 매력적이다.

흐름에 관심을 갖는 또 다른 이유는 정서적 편안함 때문이다. 인천 송도의 한 리조트 안에는 특이하게 찜질방이 있는데, 천장을 스크린으로 삼아 물결을 보여주는 휴게방이 있다. 일정하지만 조금씩 다른 물결의 흐름이 안정감을 준다는 것을 응용한 셈이다. 바닷가, 강가, 냇가 주변에서 맥주 캔을 들고 앉아 멍하니 물결을 보며 안식을 얻는 이들을 흔히 볼 수 있는 것도 물결의 흐름이 주는 편안함 때문인 듯싶다. 영국의 사진작가인 수전 더저스는 더 나아가 물의 흐름을 작품의 주제로 삼는다. 나무 그림자가 드리운 프레임 위에서 물의 파동을 교묘하게 겹치게 하거나 눈앞에 지나가는 물방울의 흐름을 포착한다.

개인적으로 흐름에 집중하는 것은 복잡하고 다양하고 예측 못한 일들의 집합인 삶이, 종국에는 단순한 흐름의 패턴임을 이해하고 싶어서인 것 같다. 특히 기자라는 직업은 예상치 못하고 법칙 없는 일의 연속이다. 한밤에 남대문에 불이 나 놀랐고, 새벽 전화에 잠이 깨 사상 최대의 유류 사고가 난 태안으로 출발했다. 캄보디아에서 여객기가 떨어져 한국인들이 사망했고, 아프가니스탄에서 선교사들이 피랍됐다. 삶과 죽음의 경계가 얇은 유리창과 같아 언제 깨질지 모르는 일이고, 순간의 선택이 삶을 전혀 다른 방향으로 몰고 간다.

그럼에도 저마다 인생의 합으로 이뤄진 인간 삶의 거대한 흐름은 행복하고, 평안하며, 안정적이라고 믿어야 '쇼'는 계속된다. 오늘의 평안이 영원할 수 있다고 믿어야 인생을 열심히 살 동력도 생긴다. 어쩌면 신문에 나는 사건 사고 같은 예외적인 사례들을 보며 적어도 내 삶은 거대한 흐름에서 도태되지 않았다고 안도감을 느끼는지도 모른다.

"녹색 계열의 색을 택했네요. 물에 번진 느낌을 곳곳에 주는 것도 기법상으로 좋을 거 같아요."

첫 얼룩말을 녹색 계열로 칠한 것을 보며 선생님이 말했다. 도화지 한 구석에 큰 붓으로 물을 묻히고 연두색 물감을 떨어뜨리듯 칠했다. 물감이 물에 번져 나가는 모양이 언뜻 얼룩말의 털 같았다. 왼쪽 중앙에 있는 말을 가장 강조하고 싶어 초록색에 고동색과 빨간색을 섞어 조금 더 강조했다. 스케치에만 2시간 이상이 걸렸는데, 칠하는 건 1시간 만에 끝났다. 이어서 연필 스케치를 지우개로 지웠다. 형상화하

패턴을 찾다

고 싶은 건 얼룩말이 아니라 줄무늬의 흐름이었기 때문이다.

"원하던 효과가 나온 거 같네요. 흐름을 주제로 하는 그림을 몇 개 더 해보는 것도 좋을 거 같아요."

선생님의 말을 들으며 물 위에 기름이 번지며 이루는 기름막을 표현하거나 물속에 풀어지는 잉크, 물 위에 물체가 들어가며 튀는 물방울의 움직임을 그려도 좋겠다고 생각했다. 혹은 일정한 흐름을 알 수 없는 난류를 형상화하는 것도 해보고 싶다는 생각이 들었다.

20~30대에는 흐름을 거슬러 오르는 연어나 거친 바다의 흐름을 헤치는 노인의 항해를 동경했는데, 이제는 흐름의 원인에 관심을 갖게 되며 그에 순응하는 방법을 생각하는 게 더 편안해졌다는 생각을 했다. 나도 그랬듯 막 회사에 들어온 후배들에게서 넘치는 개성을 발휘하려 꿈틀거리는 반항심을 자주 목격한다. 그건 조직의 건강함을 위해 꼭 필요한 생기다. 또 기존의 틀을 깨려는 후배들의 몸부림이 세상을 조금씩 나아가게 하는 힘이라고 믿는다.

가끔은 성급한 분노를 표출하거나 계란으로 바위를 치는 것 같은지 좌절감에 힘들어하는 후배들도 있다. 내가 할 수 있는 건 술 한잔 사주며 그 분노의 진폭을 다소나마 줄여주는 정도다. 나도 조직의 피라미드에서 중간에 들어서니 사측의 입장이 이해되는 순간이 늘었다고 할 수밖에 없다. 시간이 지날수록 순간순간 순응의 아픔과 비굴함을 전혀 느끼지 않는다면 거짓말일 것이다. 그럼에도 후배들의 파격이 좀 더 정제된 방식으로 조직 내부에 전달되도록, 분노를 표출하는 한 순간의 시원함보다 조직에 실질적인 변화로 이어질 수 있도록 도와야겠다는 생각도 한다.

약육강식의 세상이라는 거대한 상어 앞에서 한 마리 작은 물고기가 아니라 각자가 물살을 가르며 질주하되 거대한 하나로 보이는 물고기 떼의 패턴처럼 후배들이 조금은 덜 아프고 덜 다치며 살기를 바라는 마음도 섞여 있다. 이런 생각이 '두려움이 촉발한 순응'보다 인생의 흐름을 현명하게 거슬러 오르는 '완숙한 용기'를 갖는 과정이길 바란다.

생의 한가운데에서
어떤 뿌리를 내리고 있는가?

나이를 먹으면 먹을수록 점점

평이하게 느껴온 것들이 중요하다는 생각이 든다.

가족을 사랑하고, 이웃을 편하게 하며,

사회에 작게나마 공헌하는 일은

별것 아닌 듯 보이지만 결코 쉬운 일이 아니다.

인생의 단풍은 하얗다. 혹자의 비유처럼 머리에 내린 눈은 봄바람이 불어도 녹지 않는다. 온 인류가 거쳐간 당연한 진로인데, 40대 중반이 돼서야 알았다. 정확히 말하면 내 일이 아닌 줄 알았다. 혹은 걱정해도 일어날 일이니 굳이 미리 걱정할 필요가 없다며 눈을 감았는지도 모를 일이다.

이병기 선생은 시 〈낙화〉에서 "가야 할 때가 언제인가를/ 분명히 알고 가는 이의/ 뒷모습은 얼마나 아름다운가"라며 떠나는 사람의 자세를 논했다. 사실 이 시의 백미는 "나의 사랑, 나의 결별/ 샘터에 물 고인 듯 성숙하는/ 내 영혼의 슬픈 눈"이라고 쓴 마지막 연이다. 시인은 삶의 성숙이 소멸하는 슬픔과 공존한다고 노래했다.

생물들이 청춘을 뽐내는 여름의 입구에서 성숙과 슬픔이 공존하는 '세월'이라는 화두를 떠올린 건 최근 개인적 관심사이기 때문이다. 작년 가을부터 '무언가로 형상화해봐야지' 하고 줄곧 생각했지만 엄두를 내지 못했다. 삶의 본질을 탐구하는 것은 어쩐지 종교적인 문제 같기도 했고, 노인이 되지 않았으니 경험이 부족한 것 같다는 생각도 들었다. '삶의 정수'나 '삶의 알갱이'는 함부로 그려낼 수 있는 게 아닌 듯해 도전을 미루고 있었다.

내게 세월의 의미에 대해 처음 생각하게 한 건 아버지였다. 아버지의 18번은 최희준의 노래 〈하숙생〉이었는데, 그 덕에 어릴 때 나도 이 노래를 꽤 자주 들었다. 특히 "강물이 흘러가듯, 여울져 가는 길에, 정일랑 두지 말자, 미련일랑 두지 말자"는 부분이 머릿속에 쳇바퀴처럼 남았다. 40대가 된 지금은 "인생은 벌거숭이, 강물이 흘러가듯, 소리 없이 흘러서 간다"는 부분이 더 마음에 와닿는다.

그래서 강물을 그릴까, 사람끼리 맞잡은 손을 형상화할까, 구름 가듯 가는 나그네를 그릴까 하다 포기했다. 노래로 들으면 뭔가 마음을 짠하게 하는 느낌이 있는데 화폭으로 그리면 그 특유의 정서가 사라질 듯했다. 재즈에 기반을 둔 세련된 음악에 한국적인 정서로 세월을 노래하는 데에서 뿜어 나오는, 뭔가 낯선 즐거움을 표현할 자신이 없었다.

그러다 최근 87세의 노신사가 들려준 이야기를 듣고는 세월의 의미를 화폭에 담아보고 싶은 욕구를 다시 느꼈다. 노신사는 17세에 이북에 살았다. 당시 6·25 전쟁이 한창이었다. 학교에서 한 친구가 '전쟁에 나가 싸우겠다'고 소리치면 우르르 인민군에 자원 입대하던 시절이었다. 그는 북한에 살면서도 외려 자본주의의 원리를 부정하는 교과서가 아주 이상했고, 선동적으로 휩쓸리는 분위기도 합리적이지 않게 느껴졌다.

주위의 자원입대 선동에 휩쓸리지 않던 노신사도 전쟁이 길어지자 결국 인민군 징집영장을 받았다. 그는 어머니가 싸준 달걀 네 개를 허리춤에 차고 징집 장소로 나갔다. 그런데 한 동네에서 자란 동생이 징집 관리자로 앉아 있었다. 그를 본 동생은 "형님 지금 전쟁 나가면 죽습니다. 죽어요!"라고 말하고, 징집 명단에서 삭제해줄 테니 집으로 돌아가라고 했다.

하지만 몇 주 후 다시 징집영장이 나왔다. 노신사는 '아! 동생이 명단에서 이름 자체를 빼주지는 못했구나'라고 한탄했다. 한밤에 모인 학생들은 호명하는 대로 각 부대에 배치됐다. 그런데 끝까지 자신의 이름만은 불리지 않았다. 결국 관리인은 달빛에 명단을 아무리 비춰봐도 이름이 없다며 집으로 돌아가라고 했다.

이후 남한으로 내려온 그는 온갖 고생을 하며 입에 풀칠을 했고, 미군 부대에 일자리를 얻었다. 미국 국방부 교육도 경험했고, 그 교육에서 미국인들을 제치고 1등도 해봤다. 그의 인생은 작은 역사였다. 하지만 내가 "그런 고생이 있었기 때문에 지금의 대한민국이 있다"고 하자, 그는 "그땐 그렇고 지금은 이렇고, 변하는 세상에 맞게 사는 거지"라고 별 대수로울 것 없다는 듯이 답했다.

노신사는 옆에 놓인 아코디언을 보고 원래는 피아노 연주를 좋아하는데 아코디언은 처음 연주해본다면서도 구성진 가락 몇 개를 들려줬다. 인생의 성숙과 소멸하는 슬픔이 곡조가 되어 귓가를 울렸다는 게 가장 적절한 설명인 듯하다.

노신사의 이야기를 듣는 동안은 본래 그 노신사의 얼굴을 그려볼 생각이었다. 눈이 온 듯 새하얀 백발을 강조하면 어떨까 싶었다. 하지만 그날의 아코디언 연주가 마음을 바꿨다. 붉게 타오르던 청춘이 인생의 새하얀 단풍으로 내리는 장면이 떠올랐다. 그러다 단풍보다는 꽃잎이 어울린다 싶었다. 바람에도 흔들리지 않고, 어떤 모양의 변형도 없이 색만 하얗게 변하며 내리는 인생의 꽃잎이 '세월'을 표현할 적절한 이미지가 될 것이라고 생각했다.

바닥에 떨어진 꽃잎들은 결국 사라지는 것처럼 나타내려고 했다. 머리에 내린 눈은 봄바람이 불어도 녹지 않는다지만, 그의 얘기를 들으며 결국은 누구나 이야기 속으로 사라져 가는 게 삶이라고 생각했다. 강렬했던 정열은 아련한 추억이 되고, 누군가 그 이야기를 들으며 아련함을 공감하겠지만, 구전이 될수록 현실성은 사라지고 전설이 되며, 결국 구전마저 끊길지 모른다. 어떤 사람은 구닥다리 이야기라고 지루해하는 그 추억들이 한때는 세상을 움직이는 동력이었을 것이고, 켜켜이 쌓여 역사가 될 것이다.

생각이 여기까지 이르자 붓을 쥐고픈 욕구가 불끈 치솟았고, 일사천리로 실행에 옮겼다. 손가락에 물감을 묻혀 곳곳에 찍어댔다. 섬세한 붓질보다 인생의 우여곡절을 담은 지문이 있는 투박한 손가락 도장이 더 적절하다고 생각했다.

세월의 의미를 담아보겠다는 생각은 거의 6개월간이나 해왔는데, 그림을 그리는 데는 1시간 남짓밖에 걸리지 않았다. 이것도 그림의 매력 중 하나일 것이다. 성숙한 소멸에 대한 그림을 그려놓고 보니 자연스레 생각은 탄생으로 이어졌다. 탄생은 참으로 우연한 행위다. 부모를 택한 아이가 없듯 말이다. 하지만 노년에는 수십 년 삶의 의지가 만들어낸 자신만의 원대함을 품게 된다.

우연하게 태어나고 인생의 경험이 영글어가면서 노년의 성찰로 이어지는 과정을 표현해보고 싶어졌다. 구상의 힌트는 예전에 한 농부와 나눈 이야기에서 얻었다. 농부는 농작물을 심는 건 사람이지만 싹을 틔우는 것은 땅이다, 씨가 땅을 고르는 게 아니라 땅이 싹을 틔울 씨앗을 고른다고 했다. 인간의 의지가 거의 투영되지 못하는 대지의 선택을 우리는 '우연'이라고 부른다는 것이다. 그 말의 의미는 인간의 의지와 하늘이 뜻이 하나로 모여야 풍요로운 수확이 가능하다는 것이었다. 나는 '탄생의 우연성'이라는 단어를 흥미롭게 들었다.

우선 붓에 물을 듬뿍 묻히고 도화지에 큰 점을 거의 30개 찍었다. 그 위에 물감을 떨어뜨려 번지는 느낌으로 공중에 떠 있는 씨앗을 표현했다. 다음은 땅을 나타내기 위해 역시 물을 듬뿍 묻힌 붓으로 수평선을 그은 뒤에 물감을 묻힌 붓으로 얇게 덧칠해 번지는 느낌으로 땅속의 여러 층을 표현했다. 씨앗은 도화지 위쪽에, 땅은 아래쪽에 그렸다. 다음은 단 하나의 우연을 만들어 내기 위해 도화지를 씨앗 쪽이 밑으로 가도록 세웠다. 가지각색의 물감을 품은 물은 단 한 곳으로 고인 뒤, 한 줄기로 흘러 하나의 씨앗을 택했다. 탄생의 우연을 표현하려는 장치였다.

세월의 나무는 바로 옆에 그렸다. 땅 위에서 보면 작고 힘없어 보이는 외형이지만 뿌리는 밑으로 갈수록 굵게 영근다. 매년 산소를 정리할 때마다 풀뿌리에 감탄한다. 집안 어른들은 쑥은 캐도캐도 소용이 없다고 탄식을 하시지만, 쑥이 홀로 열심히 견디며 만든 그 굳건함에 감탄한다. 작은 잎사귀 몇 개를 얕잡아봤다가 사방으로 깊게 뻗은 뿌리를 보면 '땅속으로 자라는 나무'는 참으로 겸허하다는 생각이 든다. 몽땅 뽑아버리려 사투를 벌이는 인간에게 지지 말라고 마음속

우연한 탄생과 뿌리 내림

으로 쑥을 응원한 적도 있다.

잔디는 땅속으로 맞잡은 손이 튼튼하다. 약하고 외로워 몸을 기댔겠지만 거대한 하나가 됐다. 김수영 시인의 시 〈풀〉의 한 구절처럼 잔디는 바람보다 늦게 누워도 바람보다 빨리 일어난다. 질긴 생명력을 품은 강건한 뿌리가 있으니 가능한 일이다.

생각은 자연히 세월의 한복판에 선 나는 어떤 뿌리를 내리고 있는가에 미쳤다. 세월이 지날수록 가족을 사랑하고 이웃을 편하게 하며, 사회에 작게나마 공헌하는 것과 같이 평이하게 들리는 것들이 가장 중요하다는 생각을 한다. 잔디처럼 동시대의 사람들과 함께하고 쑥처럼 겸허하고 싶다는 생각도 한다.

돈을 벌겠다는 생각도 당연히 크다. 다만 마흔까지 얻는 인생을 살았다면, 마흔부터는 주는 인생을 살아야 한다는 집안 어른의 말씀이 기억에 남는다. 수의에는 주머니가 없다는 아일랜드 속담도 있다. 또 〈하숙생〉의 노랫말처럼 인생은 빈손으로 왔다가 빈손으로 간다. 그러니 결국 뭔가를 담아가려면, 마지막 내게 남을 주머니라곤 마음밖에 없지 않겠는가.

사이언　　　　　CYAN

자유로움에
이르다

2019. 07. 17~2019. 09 28

2020년 7월 코로나19가 한창일 때 미국 버지니아주 폴스처치에 정착했다. 특파원 임기 3년간 지낼 집이다. 타운홈인데 2층짜리 주택 10가구를 나란히 붙여놓은 형태다. 집 바로 뒤에는 공원이 있는데, 이름만 공원일 뿐 사실상 울창한 숲이다. 남색 지붕 너머로 초록색 키 큰 나무들이 빽빽하게 들어찼다. 집 앞에 넓지는 않아도 잔디마당이 있고 성큼성큼 계단을 올라서 시골집 대청마루 올라앉듯 시멘트 계단을 두 개 오르면 출입문이다. 1층에 회색 문과 창문이, 2층에는 창문 2개가 나란히 나 있다. 내가 이곳에 정착한 직후 그림으로 남겼던 '우리집'이다.

본래 한국에서 인터넷 사진만 보고 계약했던 집이 있었다. 하지만 정작 도착했더니 샤워기는 작동하지 않고, 변기는 새고, 창문이 틀과 맞지 않아 계약을 파기했다. 운전면허 하나 발급받는 데도 몇 개월이 걸렸고, 시차가 한국과 정반대여서 밤 근무를 하다 쉽게 지쳤다. 그래도 무뎌지고 추억이 된다. 남은 것은 이 그림이고, 펼쳐볼 때면 떠오르는 건 짙은 남색 지붕과 뒤로 보이던 녹색 나무들의 조합이다. 색에 감탄해 꽤 오래 서 있던 내 여유로운 오후다. 당시에 그런 감흥을 자연스레 그림으로 남겼으니, 취미는 편한 친구처럼 내 생활에 녹아드는 것 같다. 한동안 외면해도 별 문제가 없고, 오랜만에 찾아도 첫 만남의 설렘이 불현듯 떠오르기도 한다. 그래서 취미는 '자연스러운 것'이라고 정리하고 싶다.

우리 모두에게
자기만의 방이 필요한 이유

사람들은 타인의 관심을 고마워하면서도

지나치게 자기 영역을 침범당하는 것은 원치 않는다.

사람들에게는 저마다의 '내 방'이 필요하다.

과도한 시선에서 벗어나 오롯이 존재하는 공간.

그것은 물리적인 공간을 의미하기도 하지만,

온전히 몰입할 수 있는 취미가 될 수도 있다.

사춘기가 된 아이들이 가장 많이 하는 말이 "내 방에서 나가!"란다. 직장을 갖고 독립을 하는 것도 알고 보면 '내 방'을 갖기 위해서다. 요즘에는 부부도 자기 방이 있다고 하니 내 공간의 중요성은 점점 중요해지고 있는 듯하다. 내 공간을 원하는 이유는 아마도 '시선으로부터의 자유' 때문일 것이다. 1970년대만 해도 한방에서 시부모님과 함께 살면서도 잘만 지냈다지만 요즘에는 부모와 자식 간에도 넘지 말아야 할 선이 있어 보인다.

내 마음대로 살고 싶은 욕구에는 공동체나 단체 혹은 친족을 너무나 중시하며 살았던, 즉 타인의 시선을 과도하게 의식하며 살아온 과거에 대한 반동이 들어 있다.

핵가족을 지나 싱글 사회를 향해 가는 과정에서 일상을 친족이나 공동체에 기대는 비중이 예전보다 줄었고, 그만큼 타인의 시선이 내 삶에 개입되는 상황을 싫어하는 경향이 커졌다. 2018년 통계청의 조사에 따르면, 결혼을 해야 한다고 생각하는 비율은 48.1퍼센트로, 절반 이하로 떨어졌다. 결혼을 하지 않아도 같이 살 수 있다고 생각하는 비율은 56.4퍼센트로, 절반을 넘어섰다.

탈모인 한 친구는 교묘하게 무시하는 듯한 사람들의 시선에 늘 답답해했다. 흘끗흘끗 자기 머리를 보는 시선이 싫다는 것이다. 국민건강보험에 따르면 잠재적 탈모 환자를 포함한 대한민국 탈모 인구가 2017년 기준으로 무려 1,000만 명을 넘었다는 기사까지 찾아서 보여줬다. '바람에 이는 잎새에도 나는 괴로워했다'며 자신의 탈모를 농담으로 승화할 줄 아는 친구였지만, 타인이 자신의 탈모를 주제로 농담을 건네는 건 유쾌해하지 않았다.

미국에 사는 또 한 친구는 "후줄근한 옷을 입고 싶어서 이주했다"는 말로 이민의 이유를 설명했다. 뭘 입든 뭘 쓰고 있든 다른 이에게 별다른 참견을 안 하는 문화가 좋다는 의미였다. 1년 내내 직장에서 회식이라고는 창립기념일 하루뿐이라니, 부러웠다.

하지만 그렇다고 해서 사람들이 완벽하게 타인의 시선으로부터 벗어난 삶을 원하는 건 아니라고 생각한다. 아마도 일정 정도의 관심에 대해서는 고마워하면서도 지나치지는 않기를 바라는 듯싶다. 그래서 사람들에게는 저마다의 '내 방'이 필요하다. 타인과 함께 있기는 하되 과도한 시선에서 벗어나 오롯이 나만이 존재하는 공간.

'내 방'이 꼭 공간적인 것만을 의미하지는 않는다. 어떤 사람은 책이나 영화에 빠진다. 혹은 홀로 여행을 떠난다. 돈이 좀 더 있다면 별장이나 통나무집 등 아지트를 마련한다. 물론 자신만의 '후미진 곳'을 사랑하는 이들도 있다. 빽빽이 들어찬 20층 건물에서 일하는 직장인들은 옥상으로 도피하거나, 창고 구석을 찾기도 한다. 친한 공무원은 장관실 옆 화장실이 가장 조용하다고 했다. 한 친구는 직장 근처의 조용한 카페를 찾아다니는데, "내가 좋아하는 카페는 1년 안에 망한다"고 불평했다.

자주 낯선 곳으로 여행을 가는 한 지인은 "낯설다는 건 상호 간에 낯섦이 매력"이라고 말했다. 그가 새로운 문화와 다른 인종, 처음 보는 건물들을 좋아하지만, 그것들도 자신을 낯설어한다는 것이다. 외려 자신을 낯설어하는 현지인들의 모습을 보는 게 즐겁다고 했다. 아는 사람 없고 아는 곳 없는 게 외려 편하고 재미있다는 뜻일 테다.

헨리 데이빗 소로는 타인의 시선에서 더욱 적극적으로 벗어나고자 했다. 미국 매사추세츠주 콩코드에 위치한 호수 월든에서 자발적으로 단절을 선택해 2년 2개월을 보냈다. 그는 단절의 목적을 "삶의 골수를 빼먹기 위해서"라고 했다. "내가 숲속으로 들어간 이유는 인생을 의도적으로 살아보기 위해서였으며, 인생의 본질적인 사실들만을 직면해보려는 것이었으며, 인생이 가르치는 바를 내가 배울 수 있는지 알아보자 했던 것이며, 그리하여 마침내 죽음을 맞이하였을 때,

내가 헛된 삶을 살았구나 하고 깨닫는 일이 없도록 하기 위해서였다"고 『월든』에 썼다.

다만, 내 방에 홀로 있는 것을 즐긴다면 그 이유를 점검해볼 필요는 있다. 그저 조용하고 편한 환경에서 혼자 보내는 시간이 즐겁고, 우울한 기분 등이 사그라진다면 긍정적이다. 하지만 오히려 우울감이나 고통, 짜증 같은 것이 커진다면 내 방에 홀로 기거하는 것은 외려 부정적인 결과를 가져올 수 있다. 그런 경우라면 스스로 자신을 면밀히 살펴보는 과정이 필요하며, 자신의 감정을 다스릴 수 없다면 내 방에 박혀 있기보다는 지혜로운 지인, 종교, 정신과 의사 등의 멘토를 찾는 게 필요하다.

중국의 불경 연구가인 페이융은 『법화경 마음공부』에서 외려 마음속 '내 방'에서 나오는 게 인생이 한결 홀가분해지는 방법이라고 설명했다. 그가 소개한 법화경의 중심 이야기는 다음과 같다.

옛날 한 마을에 부유한 노인이 있었는데, 집은 으리으리하되 무너지기 직전이고 문은 단 하나뿐이었다. 그 집에 갑자기 불이 나 불길이 일었는데 노인 외에는 보지 못했다. 이런 상황에서 자식들은 노는 데 정신이 팔려 밖으로 나갈 생각을 못했다. 그래서 노인은 '지금 밖에 양이 끄는 수레, 사슴이 끄는 수레, 소가 끄는 수레가 있다. 거기에 진귀한 보물과 장난감이 실려 있으니 빨리 나가자'고 말했다. 이 말에 아이들은 밖에 나왔고 보물을 달라고 했다. 그러자 노인은 보물 대신에 소가 끄는 귀한 수레를 하나씩 내주었다.

물론 이는 부처가 오욕에 빠진 중생을 근심, 슬픔, 고통, 번뇌로부터 구제하는 과정을 나타낸 얘기다. 소가 끄는 수레는 스스로 깨달음으로 채워야 하는 그릇이다. 다만, 내가 기거하던 마음의 방에서 스스로를 괴롭히고 있다면 그 방에서 나와야 한다는 원리는 같다. 객관적으로 내 마음의 상황을 파악하고 다음 세상으로 나아가야 한다는 뜻이다.

타인의 시선을 불편해하는 다음 단계는 타인의 시선을 초월하는 것이다. 즉, 내가 찾은 '삶의 정수'를 사는 것이다. 학업이나 승진 같은 경쟁사회에 내몰린 평범한 사람들에게 그게 어디 말처럼 쉬운가. 다만, 먼저 세상을 살다 간 현인들은 노력만으로도 삶이 그만큼은 달라진다고 증언한다.

1700년대 영국의 유명한 수필가인 찰스 램은 「정년퇴직자」에서 46년간의 직장생활에 대해 "나는 액면상으로 50년을 살았다. 그 세월에서 타인에게 살아준 시간을 빼면 난 청년이다"라고 말했다. 동인도회사에서 사무서기로 33년을 9~10시간씩 일하다 자유의 몸이 된 그는 노후를 자신을 위해 산다면 훨씬 더 많은 세월이 남았다고 본 것이다.

화실에 앉아 자를 들고 나를 둘러싼 중첩된 세계를 그려 갔다. 내 방에서 벗어나는 것을 반복하는 노력으로 적어도 내 방이 조금씩 커질 것이라고 긍정적으로 생각했다. 쉽게 짜증이 나고, 남을 미워하고, 조급하게 이루려거나, 한 개라 도 더 빼앗고 싶은 그런 부정적인 감정으로부터 조금은 멀어 진 채 유영할 수 있을 거라고 생각했다.

"옵티컬 아트를 하셨네요."

선생님의 말에 뭔가 설명하려다가 그만두었다. 시각적인 즐거움이 있다면 그도 감사한 일이니 말이다. 다만, 내게 그 림은 나 스스로를 들여다보는 수단이라는 생각이 들었다. 다 른 사람이 내 그림을 어떻게 보든 신경 쓸 필요 없는 공개적 으로 단절된 내 방 같은 것이다. 내 방 한가운데 누워 있는 내 모습은 노란색으로 칠했다. 적어도 세상에 대한, 삶에 대 한, 내 자신에 대한 온기를 지니겠다는 다짐이었다.

나를 둘러싼 세계

원데이가 아닌
꾸준한 취미를 갖고 싶다면

취미는 산책처럼 마음 가는 대로 즐기는 게 좋다.

내게 그림은 하고 싶은 때 하고 싶은 만큼만 하는

일상으로부터의 자유를 의미한다.

'하면 된다'는 결의를 다질 필요도 없고,

'되면 한다'는 가뿐한 마음이면 충분하다.

"그럼 그리는 거 재미있어?"

직장 동료가 물었다. 마흔 중반이 되자 직장 생활에만 집중하는 게 뭔가 허전하고, 새로운 활력소가 필요하다고 했다.

"나한테는 재미있지. 그런데 너는 네가 재미있어 할 만한 것을 찾아야지."

길게 말해봐야 의미가 없을 것 같아서 짧게 말을 끊었다.

"뭘 해도 재미가 없단 말이야. 일도 삶도 권태로워. 즐겁게 바쁜 일이 있으면 좋겠는데 찾을 수가 없네."

이렇게 한숨을 쉬는 동료에게 "예전부터 관심을 두고 있던 게 있어? 잘하는 거라든지"라고 물었다. 그는 "특별히 없어. 한번 뭐라도 배워볼까 싶어서…"라고 했다.

나는 "곧 생기겠지"라고 말하고 자리를 떴다. 아마 그는 쉽사리 취미를 만들지 못할 것이다. 취미에 대한 몇몇 오해 때문이다. 우선 내 경험으로 볼 때 취미는 재미있는 것을 찾으면 잘하게 되는 게 아니라, 잘하면 재미있게 되는 것이다.

학창시절 나는 야구를 좋아했는데 던지고 치기를 잘 못했다. 외려 빠르게 달리는 걸 잘했다. 반면, 농구는 처음부터 썩 좋아한 건 아니었지만, 주변의 칭찬에 곧 좋아하게 됐고 직장에 입사한 이후에도 내 취미는 줄곧 농구라고 생각했다. 골프의 경우는 취미로 삼아야지 결심하고 시작했다가 실패했다. 넓은 골프장을 걷는 것도 좋았고, 가끔씩 잘 맞은 공이 멀리 날아가는 궤적을 보거나 그럴 때의 손맛도 짜릿했다. 노후를 위해 몸에 무리가 덜 가는 운동을 하나 즐겨보자 싶기도 했다. 웬만하면 초보자 누구에게나 주위에서 그렇게 말해주는 것임을 나중에야 알았지만, '신동'이라는 말도 꽤나 들었다. 그럼에도 가만히 있는 공을 치는 재능은 남들보다 부족했다. 기본적으로 시간이 아까웠다. 주말 골퍼였으니 골프장을 오고 가는 시간만 서너 시간은 족히 걸렸고, 연습에 투자한 시간에 비해 실력이 너무 더디게 늘었다. 결국 골프는 취미 목록에서 지워졌다.

각종 악기 역시 마찬가지다. 피아노 소리가 좋아서 몇 번을 시도했지만 왼손과 오른손의 손가락이 똑같이 움직이는 바람에 매번 실패했다. 기타는 같이 시작한 친구가 동아리에서 리드기타 자리에 앉을 때까지 한 곡을 제대로 연주하지 못했다.

그림은 '칭찬의 고수'인 선생님의 도움이 컸다. 뭘 그려도 잘 그렸다 말해줬고, 대학 때 미술을 했어도 잘했겠다는 칭찬까지 얼굴색 하나 바뀌지 않고 해주었다. 무엇보다 언제나 그림에 대한 내 설명을 지루하지 않은 것처럼 끝까지 경청해주었다. 가족들도 내게 그림에 특별한 재능이 있는 것처럼 대해주었다. 가끔씩 너무 지루했을 때가 있었는데, 이를 넘길 수 있었던 힘이었다. 어쭙잖은 실력으로 마치 거장이나 된 듯 부인이나 아들의 초상화를 그렸고, 가족들은 흡사 명화라도 얻은 것처럼 좋아해줬다. 따라서 꾸준히 즐길 취미를 찾으려면 우선 내가 무엇에 재능이 있는지 알아야 한다. 물론 스스로 잘한다고 자기최면을 걸 수 있다면 그것도 좋다.

반면, 취미를 갖고자 하는 욕구가 확실하다면 꼭 잘하지 못하는 분야더라도 내 것으로 만들 수 있다. 글을 쓰는 직업에 종사하다 보니 역설적으로 글이나 말로 소통할 수 없는 많은 대상에 대해 관심이 생겼다. 쉽게 설명해도 한 시간 이상 족히 걸릴 것 같거나 설명을 들은 후에도 머릿속에 맴맴돌 뿐 이해되지 않는 것들이 부지기수다.

그림은 이런 것들도 표현할 수 있는 '영혼의 대화창'이다. 그림은 말을 줄이고 마음을 열게 한다. 뇌의 사고 영역 저편에 있을 법한 무의식에 내재된 무언가를 나타낼 수 있다. 말이나 글과 달리 상대가 내 그림의 의미를 이해하지 않아도 좋다. 원하는 대로 이해하면 족하다. 기사에서는 약점이기 쉬운 모호성이 그림에서는 중요한 자산이다.

따라서 그림은 다른 이의 시선보다 내 자신의 만족에 더 집중할 수 있다. 특별한 매력을 느끼지 못했던 골프의 경우는 내 만족보다 보여주기 위한 취미에 더 가까웠다. 마치 프로와 같이 엄격한 룰을 적용하고, 멋진 옷을 입고 다른 이의 훌륭한 샷에 짐짓 점잖게 환호해줬다. 골프 약속을 했다면 '본인 상을 빼고는 무조건 참석해야 한다'는 비상식적인 암묵적 원칙도 동의하기 힘들었다.

지인 중에는 파충류와 양서류를 양육하는 전문가가 있다. 뱀, 거북이, 도마뱀 같은 것들을 기르면서 키우는 방법을 강의하고, 관련 협회에도 관여한다. 대체 왜 그런 것들을 키우는지가 궁금했다.

"식물은 너무 안 움직이고 개나 고양이는 너무 활동적이어서요."

누군가에겐 느리게 움직이는 게 답답한데, 그에게는 가장 큰 매력인 셈이었다. 일상에서 허용하지 않는 '느리게 행동하는 자유' 같은 것에 공감했다. 그는 파충류에게서 얻는 자기만족이 분명했다.

취미를 꾸준하게 즐기기 위해 경계해야 할 것은 '완벽욕'이다. 완벽함은 업무에 필수적이다. 하지만 이를 취미에 그대로 적용한 뒤 자신의 시간표대로 되지 않는다고, 허점이 눈에 띈다고 실패로 간주하는 이들을 많이 봤다. 결국 실패하고 다른 취미로 옮겨가는데, 이는 원천적으로 성공과 실패

같은 일상사의 스트레스에서 벗어나기 위해 취미를 갖는 것이라는 본질을 잊은 행동이다.

취미는 산책처럼 마음 가는 대로 즐기는 것이 가장 좋다. 내게도 그림은 하고 싶은 때 하고 싶은 만큼만 하면 되는 '일상으로부터의 자유'를 의미한다. 게으름이 허용되고, 그리다 중도에 포기해도 상관없다. '하면 된다'의 영역이 아니라 '되면 한다'의 영역인 것이다. 남의 평가로부터 벗어나고, 오롯이 내 마음에서 떠오르는 무언가에 집중하는 것만으로 편안해진다.

처음에는 쉬는 날인 금요일에 화실에서만 그림을 그렸지만, 곧 시간과 장소는 중요치 않게 됐다. 집에서도 그리고 카페에서도 습작을 한다. 사진으로 풍경을 남겨 두고, 특징적인 장면을 머릿속에 담아 둔다.

시간이 지날수록 그림을 그리는 시간보다 생각하는 시간이 길어졌다. 샤워를 할 때, 지하철을 타고 출근할 때, 요가를 하기 위해 앉았을 때 불현듯 이미지가 형상화돼 떠올랐다. 초기에는 무엇을 그릴지 고민했다면, 이제는 내면에서 느꼈던 하나의 감정을 꾸준히 기억해내는 것만으로 구상을 한다. 이런 루틴이 생기면 취미는 습관의 성격도 갖게 된다. 내 경우는 잘 그리는 것보다 잘 생각하는 것이 취미가 된 것일지도 모른다.

꾸준한 취미를 위해서는 성취감도 중요하다. 또 목표를 작게 나눌수록 포기할 가능성이 줄어든다. 나 역시 그림에 대해 작은 목표를 하나씩 달성해가는 데 집중했다. 연필 소묘가 첫 목표였다. 원래 6개월 정도 할까 싶었는데, 선생님의 조언에 따라 4개월 정도를 하고 수채화로 넘어갔다. 이후 물에 번지는 수채화의 느낌을 살리는 기법, 갈필 등을 차례로 시도했다. 나이프 표현법이나 손가락 그림도 해봤다. 컴퓨터 게임을 하듯 여러 아이템을 장착하고 레벨을 오르는 기분과 유사하다고도 할 수 있겠다.

꾸준한 취미에 대해 생각하다 불현듯 떠올린 이미지는 불사조였다. 어릴 때는 용이 좋았다. 무언가 남보다 잘하고 싶었나 보다. 30대 중후반에는 봉황이었다. 홀로 승천하는 용보다 내 가족, 더 나아가 다른 이들을 편안하게 만드는 능력이 조금이나마 있었으면 했던 것 같다.

불사조는 죽음과 부활을 반복한다. 다른 능력은 없다. 그러니 용이나 봉황이 임금을 상징하는 반면, 불사조는 불굴의 의지를 대변한다. 어쩌면 시지프스의 신화처럼 같은 상황을 반복하며 '지금 그리고 여기'에 집중하는지도, 혹은 같은 부활로 보이지만 부활할 때마다 뭔가 다른 깨달음을 안고 있는

지도 모른다.

상상 속 불사조이니 명확한 실체보다는 깃털이 모여 만든 허공 위 형상으로 표현했다. 그림 속 불사조는 붉게 타오르지 않는다. 붉은 불씨가 조금씩 있을 뿐이다. 내가 느끼는 영원한 부활은 훨훨 타오르는 절정과 재로 소멸한 뒤 시작되는 기승전결의 탄생이 아니라 차가움 속에 조금씩 느껴지는 온기이고, 평정심이고, 항상심이다. 모든 이가 바라보길 바라는 불꽃의 덩어리가 아니라 속으로부터 따뜻하게 오르는 갈증이다. 그런 게 꾸준히 그림을 그리고 싶게 만드는 평온한 열정이라 할 수 있다.

익숙한 길을 벗어나야
새로운 길을 만날 수 있다

삶은 우리가 예측하지 못하는 시점에

알 수 없는 계기로 다른 길을 보여준다.

그래서 변화는 바뀌려는 의지의 강함보다는

과거로부터 벗어날 수 있는지가 더 중요하다.

즉 새로운 것을 시작할 수 있느냐가 아니라

익숙한 것을 끝낼 수 있느냐가 중요하다.

평소에 존경하던 한 정부 부처의 고위 공무원이 사직했다. 표정이 어두울 줄 알았는데 편안해 보였다. 그는 30년 이상을 공직에 있었는데, 주로 조직 개편에 많이 관여했다. 실적을 높이기 위해 더 효율적인 업무 환경을 만드는 업무를 주로 한 셈이었다. 그리 많은 조직 개편을 단행하면서 어떤 비결을 터득했냐고 물었다.

"문제는 결국 조직이 아니라 사람이에요. 조직 개편해봤자 사람이 달라지지 않으면 특별할 게 없어요."

조직 개편 전문가에게서 듣는 의외의 답변이었다.

"언론계는 요즘에 온라인 퍼스트가 유행이라, 대부분의 신문사가 조직 개편을 하고 있는데요." 나는 반문했다.

"지금도 온라인 부서나 법인이 있잖아요. 신문을 만들던 기자 중에 상위 10퍼센트를 이곳으로 보내면 바로 온라인 퍼스트가 될 걸요. 인적 자산이나 자본을 투입하기 힘드니까 조직 개편으로 해결하려는 건데, 사실은 해결되는 게 거의 없는 경우도 있어요."

조직 개편을 할 때 가장 힘든 게 뭐였냐고 물었다.

"그간의 관습이나 문화죠. 이미 직원들은 조직이 어떤 방향으로 가야 하는지 잘 알고 있어요. 또 조직 개편 방법도 무수히 많죠. 하지만 누구나 익숙한 것들을 놓지 않으려는 저

항이 가장 큰 문제가 되더군요."

뭐든 한 분야를 오래 판 사람에게는 혜안 같은 게 있다. 그의 얘기를 들으며 변화나 혁신은 새로운 것을 창안해내는 것보다 기존의 상태에서 벗어나는 게 핵심이라는 생각이 들었다. 사실 조직의 문제뿐 아니라 개인의 인생에도 같은 원리가 적용되는 것 아닌가 하는 게 내게는 더 큰 관심사다.

2000년대 초 나는 갓 제대한 복학생이었다. 촌스럽게도 가장 가보고 싶은 곳은 '과방'이었다. 소파에 기대어 기타를 치고, 밤이면 새우깡에 소주도 한잔하고, 친구들과 방학 여행을 모의하던 추억의 장소. 하지만 기대는 여지없이 무너졌다. 일면식도 없는 신입생들이 과방을 점령하고 있었고, 나를 이방인처럼 쳐다봤다. 애써 자기소개를 하고 앉았지만, 그들의 눈빛은 '복학생 때문에 편하게 놀 수가 없네'였다. 물론 과도한 피해의식일 수도 있겠지만, 내가 신입생 때 복학생을 바라보던 시선을 기억해냈다. 떠나야 할 때가 됐는데 억지로 머물러서는 안 되겠다고 결심한 순간이었다.

과방과 같은 장소만 말하는 것은 아니다. 직급이 올라가면, 나이가 들면, 가장이 되면 그에 맞는 변화를 받아들여야한다. 미련은 빨리 버리는 게 좋다. 미혼의 청년을 이해하거나 함께 어울려 진솔한 대화를 할 수는 있지만 공감하는 건 아주 힘들다. 공감은 상대 역시 동의해야 하기 때문이다. 안 되는 것을 억지로 하려다가 외려 그들과 멀어진다.

흔히 '세상이 너무 빨리 돌아간다'고 말하는 건 과거의 안정적 세계에 머물고 싶다는 욕구가 반영된 말인지도 모르겠다. 또 '그때 내가 이사 가자고 했는데 안 가더니 결국 부자가 될 가장 큰 기회를 놓쳤어'라며 과거의 익숙함에 안주했던 후회를 다른 이에게 책임 전가하는 것도 쉽게 볼 수 있다.

무언가 엄청난 결심이 삶의 전환점을 이루는 것처럼 말하는 이들을 많이 만났다. 스티브 잡스처럼 엄청난 아이디어가 삶의 변화를 이끌어내는 것처럼 말하는 이들도 있다. 하지만 유명인들이 들려주는 삶의 전환점은 어쩌면 누구나 만날 수 있는 그런 것이었다. 다음은 과거 취재차, 혹은 취재했언 동료로부터 들었던 이야기들이다.

초대 국립생태원장을 지낸 최재천 이화여대 석좌교수가 학창 시절 이름도 잘 알려지지 않았다는 서울대 동물학과에 진학한 것은 서울대 의예과를 가기 위해 재수까지 했지만 떨어졌기 때문이라고 한다. 대학 시절 우연히 하루살이 연구의 세계적인 대가 조지 에드먼드 펜실베이니아주립대 교수를 만난 바 있는 그는 어릴 적 고향인 강릉의 자연에서 놀던 경험이 직업으로 이어지는 것에 놀랐다고 했다. 이후 미국 유학을 갔고, 한국 최고의 사회생물학자가 됐다. 물론 비범한 노력이 전제된 이야기지만 시작은 마치 우연 같다.

시오노 나나미의 '로마인 이야기 시리즈'를 옮긴 저명한 번역가 김석희 선생이 번역의 길에 들어선 건 친한 친구가 학생운동을 하다 제적됐기 때문이다. 학교를 떠난 그 친구가 작은 출판사를 하나 차렸는데, 전문 번역가에게 맡기자니 번역료 줄 능력이 안 된다며 술 한잔에 번역을 맡겼다는 것이다. 김 선생은 친구의 딱한 사정을 안 들어주기가 어려워 18세기 프랑스 심리소설의 효시로 평가되는 뱅자맹 콩스탕의 『아돌프』를 번역해줬다. 그는 "출판사는 소리 없이 사라지고 그 책도 절판이 됐지만, 지금 와서 보면 그게 내 인생의 이정표를 정한 최초의 순간이었다"고 했다.

여성으로는 처음으로 전투병 장군이 된 송명순 예비역 준장은 대구 중구의 맥화랑에서 친구를 만나고 나오는데 옆 건물 담벼락 게시판에 '여군 장교 모집' 공고 포스터가 붙어 있는 것을 봤다. 화랑 옆에 있는 건물이 대구지방병무청이란 것도 그때 알았다. 호기심에 빼꼼이 상담실 문을 열었는데, 여군 부사관이 그녀를 앉혀 놓고 장장 3시간에 걸쳐 여군이 되면 뭐가 좋은지를 설명했다. 여군 장교 지원자가 워낙 없었기 때문에 모집에 성공하면 담당자는 수당을 받던 시절이었다. 설명만 들으려 했지만 이후 병무청 담당자가 전화를 해대면서 채근했고, 나중에는 "헌병대 군인들이 데리러 갈 수밖에 없다"며 거의 협박조로 겁까지 주었다. 그가 군인의 길에 들어선 이유다.

과거의 익숙함으로부터 벗어나는 것은 누구에게나 쉽지 않은가 보다. 그래서 우리는 내가 걸어온 길을 '우연으로 시작한 필연'이라고 부르는지도 모른다. 인생의 전환점과 그 변화의 과정을 그림으로 나타내보려고 이틀간을 골몰했다. 우선 삶의 전환점은 우연하게 마련되기 쉽다. 즉, 우리가 예측하지 못하는 시점에 알 수 없는 계기로 변화가 일어난다. 또 변화는 바뀌려는 의지보다는 과거로부터 벗어날 수 있는가에 달려 있다. 즉, 새로운 것을 시작할 수 있느냐보다 익숙한 것을 끝낼 수 있느냐가 중요하다.

마지막으로 과거와 변화된 미래는 서로가 '깨달음의 계기'가 된다. 따라서 이 둘은 같고도 다른 모습을 하게 된다. 사실 과거의 나와 변화한 나는 소통이 되지 않는 경우가 많다. 과거의 내가 저지른 잘못들을 지금의 내가 용서하지 못하는 것이다. 하필 이런 사양산업에 취업했다거나, 죄를 지었다거나, 이런 애인을 만났다거나 하는 것들이 지금의 나를 힘들게 한다. 그럼에도 프랑스의 철학자인 에마뉘엘 레비나

스는 정말 소통이 되지 않는 이런 대상들은 '깨달음의 계기' 가 된다고 했다.

이 세 개의 명제를 담아내기 위해 같고도 다른 쌍둥이를 그리기로 했다. 처음에는 진짜 아기 쌍둥이를 그릴까 했지만, 무언가의 끝과 새로운 시작이 만나 보이지 않는 곳에서 변화가 일어나는 명제를 담기 힘들었다. 결국 한 쌍의 '마음의 길'을 그려보면 어떨까 싶었다. 원근법에 의해 시야에서 사라진 두 개의 길은 영원히 멀리 있는 한 점에서 만난다. 시각의 효과상 한 점에서 만나는 것처럼 보일 뿐 영원히 만나지 못할 수도 있다는 의미다. 눈에 보이지 않는 어떤 곳에서 변화가 일어나고 끝으로부터 다시 뻗어 나온 길이 상대와 흡사하지만 크게 다른 모습으로 존재한다.

그림 자체는 산술적으로 형태를 그리는 데 집중했다. 흙길과 아스팔트가 정확하게 대칭을 이루고, 흙길의 나무와 아스팔트의 가로등이 서로 같은 위치에서 같은 크기로 서 있도록 했다. 흙길이 변화해 아스팔트가 되는 역사적인 발전 순서와 달리 마음의 길은 선후와 좋고 나쁨이 없음을 표현하고 싶었다.

이번 그림을 그리면서 꼭 익숙한 것으로부터 벗어나고, 변화해야 하는가라는 의문을 가지기도 했다. 미래를 예측하

한 쌍의 마음의 길

면서 그에 따라 변하면 안정적이지 않을까 싶었다. 하지만 『철학은 어떻게 삶의 무기가 되는가』의 한 부분을 인용하자면, 막대한 비용을 투입하는 컨설팅 회사의 조사에서도 자릿수조차 완전히 틀린 커다란 오차로 빗나가는 예측이 빈번하다고 한다. 저자 야마구치 슈는 미국의 컴퓨터 과학자이자 교육자인 엘런 케이의 말을 인용했다. "미래를 예측하는 최선의 방법은 미래를 창조하는 것이다."

과거에서 조금 더 벗어나 변화를 꾀하는 데 적극적일 필요가 있겠다 싶다.

밥벌이와
소명의 차이

조금이라도 세상에 기여하리라 믿으며 일하는 것,

거창하지는 않더라도 그것이 바로 직업윤리 아닐까?

밥벌이와 소명은 작은 생각의 차이일 뿐이다.

그래도 세상이 조금씩 앞으로 나아가는 것은

우리 각자가 품고 있는 이 같은 소명 덕분일 테다.

개인택시를 탔는데 운전기사의 얼굴이 젊었다.

"30대 정도밖에 안 되어 보이는데 어떻게 벌써 개인택시를 하고 계세요?"

"원래 노후 계획으로 하려던 건데, 회사 사정이 좋지 않아 나오게 됐습니다."

정중하고 예의 바른 목소리로 그가 답했다.

"그 나이 때는 우버나 그랩 같은 차량 공유 시스템에 더 관심이 가지 않나요?"

"그냥 아는 게 택시밖에 없었습니다."

"개인택시를 운영하는 젊은 기사님은 처음 본 거 같아요. 좋네요."

"그런 말 많이 들었습니다. 감사합니다."

답을 하는 말투나 모양새에 자기 직업에 대한 자부심이 드러나는 듯했다.

"회사로 돌아가고 싶다는 생각은 안 하셨어요?"

"택시 운전이란 게 정직하게 태워드리면 딱 그만큼 돈을 벌어요. 특별한 권모술수도 없고요. 취객을 모시거나 할 때는 힘든 경우도 있지만 일한 만큼 가져가는 즐거움이 있죠."

별것도 아닌 평이한 대화를 나누며 점심을 먹으러 여의도 국회에서 광화문의 약속 장소로 가는데, 예상보다 차가 막혀 시간이 지체됐다. 내가 초조해하자 젊은 기사도 불편해하는 기색이었다.

"괜찮아요. 차가 막혀서 그런걸요."

"그렇게 생각해주시니 감사합니다. 아까 다른 길로 갔으면 좀 달랐을까 생각하고 있었습니다. 다음에는 시간을 좀 단축할 수도 있으니까요."

"사실 기사님이 초조해하실 일은 아니잖아요. 목적지까지 안전하게 고객을 데려다주면 되는 건데요."

"손님 얘기에 공감하는 것도 더 친절하게 모시는 한 방법이었어요. 차가 막혀서 답답할 때는 특히 손님 이야기를 잘 듣고 답하는 게 중요하던데요."

택시에서 내리며 택시기사에 대한 편견을 떠올렸다. 어수룩한 손님이 타면 길을 돌아서 가고, 불친절하고, 거칠게 운전하며, 손님과 쉽게 언쟁을 벌이는 모습 말이다. 그래서 차량 공유 앱이 나왔을 때 많은 시민들이 택시기사의 편을 들지 않았다. 택시기사들이 경쟁에 노출되지 않고, 이권만 지키려 한다는 시각도 있었다.

젊은 택시기사의 말을 정리하자면 사실 단순했다. 안전하고 편안하게 목적지에 도착하되 되도록 손님의 마음도 불편하지 않게, 혹은 어쩔 수 상황이라면 적어도 공감하는 모습을 보여준다는 것이다.

그와 나눈 대화 중에 가장 인상 깊었던 대목은 "고객을 안전하게 모셔다주고, 함께 이야기를 나누는 것도 세상에 미미하게 좋은 일을 하는 것 같다"는 것이었다. 나는 "그러게요. 기사님 같은 분들이 많으면 세상에 더 큰 좋은 영향을 주겠죠"라고 답했다.

그 택시기사가 '직업윤리'에 대해 얼마나 깊게 생각했는지 모르겠다. 하지만 '밥벌이'와 '소명'은 작은 생각의 차이일 뿐이라는 판단이 들었다. 취재차 삼성전자의 한 직원을 만났을 때도 그랬다. 우리나라 최고 연봉을 받으니 얼마나 좋으냐고 질문했더니, 그는 "소위 '연봉의 힘'만으로 버티다가 결국은 지쳐 다른 일을 찾는 경우가 많다"고 답했다. 20여 년을 한 회사에 몸담았던 이유에 대해서는 "작은 부분이지만 내가 기여해 만든 스마트폰으로 세상이 조금은 더 좋아지겠지"라는 생각 때문이었다고 했다.

서울시 구청들을 취재하던 시절, 공무원에 대해 흔히 표현하듯 '세금을 축내는 벌레'라고 일견 생각했다. 하지만 그들과 저소득층 가구를 찾아 힘든 사정을 듣고, 불법 성매매 업소 단속이나 불법 광고물을 철거하는 현장을 같이 다니면서 생각이 많이 바뀌었다. 물론 문제가 있는 공무원도 있었지만, 그 뒤에서 묵묵히 제 역할을 하는 많은 이들이 드러나지 않는 것이 안타깝기도 했다. 구청 옥상 공간이 아깝다며 퇴근 후에 텃밭을 일구고 그 농산물을 팔아 성금을 내는 공무원도 있었고, 굶는 아이에게 남몰래 도시락을 싸다 주던 공무원도 기억에 남는다.

개중에 민원서류를 발급하는 한 동사무소 직원에 대한 칭찬이 자자했는데, 주민들은 세세한 집안 얘기도 나눌 정도로 친절하다고 했다. 비결을 묻자 그 직원은 "구민들이 기분이 좋으시면 저도 좋잖아요"라고 했다. 작게나마 세상에 좋은 영향을 주고 싶다는 의미로 들렸다.

며칠간 택시 기사와의 대화가 머릿속에서 떠나지 않았다. 우리는 좋은 직업을 갖기 위해 온갖 노력을 다하지만 정작 직업윤리는 배운 적이 없다는 생각이 들었다. 훌륭한 전문가, 기술인들은 크게 늘었지만, 균형 잡힌 직업인도 많아졌는지 의문이 생겼다.

전신마취를 하고 수술대에 누운 여성에 대해 비하 발언을 하는 의료인, 수사기록을 부유하고 힘센 이에게 몰래 보여준 경찰, 자격 미달의 자식을 교수로 채용한 대학 총장, 장애인들의 급여를 빼돌린 장애인 시설 원장, 기업 내부 정보를 이용해 자식의 재산을 편법으로 늘린 자산가, 출신학교 후배만

선수로 나서게 한 감독, 힘 있는 고위층의 자녀를 채용해준 기업 사장, 주가조작에 가담한 기자 등 언론에 등장하는 사례는 수없이 많다.

직업윤리의 부재는 비윤리적인 한 사람에게서 끝나지 않는다. 이런 일을 실은 기사에는 "나만 헛살았다"는 댓글이 꼭 붙는 것을 보면 말이다. 막히는 도로에서 쭉 늘어선 차량들 중에 단 한 대만 갓길로 나가 추월을 해도 모든 대열이 깨지듯, 법의 처벌을 피한 편법 사례는 순식간에 세상을 혼탁하게 할 수 있다.

그럼에도 세상이 조류처럼 앞뒤로 움직이면서도 조금씩 앞으로 나아가는 것은 세상을 바꾸는 '작은 힘' 덕분이다. 에른스트 슈마허의 말처럼 작은 것이 아름답다. 통상 위대한 도약에 눈길을 빼앗기지만, 모든 의사가 슈바이처가 되어야 하는 것은 아니고, 모든 시민운동가가 간디가 될 수도 없다. 범인의 수준이라도, 개인의 행복을 구가하는 선에서, 좋은 영향 한 스푼일지라도 사뭇 위대한 일이다. 화학세제 대신 베이킹 소다를 써서 설거지를 한 번만 했더라도, 종이컵을 몇 개 아꼈더라도, 매달 1,000원씩 기부했더라도, 자전거 출근을 시도해보거나 자가용 대신 대중교통을 열 번 이용했더라도 소중한 사회적 자산이 된다고 믿는다.

직업윤리 역시 마찬가지다. 꼭 프로보노(전문가들이 자신의 전문성을 활용해 사회적 약자와 소외계층을 돕는 활동) 같은 봉사활동이 아니라 해도 내 일이 조금은 더 사회에 긍정적인 영향을 준다면, 역시 긍정적인 사회적 자산이 된다.

내 일에 나름의 최선을 다한 이들의 작은 행적은 가끔 큰 울림이 되기도 한다. 자산가의 50억 기부보다 김밥 할머니가 대학에 쾌척한 1억 원이나, 이름도 밝히지 않고 연말이면 불우이웃을 도와 달라며 구청에 동전으로 가득 찬 돼지저금통을 보내는 누군가에게 우리는 감동한다. 권력과 높은 자리를 차지하고 보란 듯 퇴임식을 갖는 이들만큼 잘 보이지도 않고 알아주지도 않았지만 자신의 길을 걸은 누군가에게 아낌없는 박수를 보낸다. 한때 역도선수 장미란을 참 좋아했다. 그가 역도에 대해 '기록을 통한 정직한 운동'이라고 말했기 때문이다.

"약간의 오차는 있지만 내가 땀 흘린 만큼 시합 때 결과가 나타납니다. 훈련 양이 절대 거짓말을 안 하는 운동, 심판의 판정 논란이 없는 아주 깔끔한 운동입니다."

그의 금메달은 정직하게 훈련하고 노력한 결과에서 나왔다는 의미다. '쉽게 의대 가는 법', '주식 달인의 비법', '부동산 부자가 된 직장인' 같은 각종의 노하우가 현명한 처세술로 소개되는 풍조와는 다른 담박한 논리였다.

정직하게 일하는 많은 사람들을 볼 때면 나는 『아낌없이 주는 나무』를 떠올린다. 결국은 꽃이 피고, 잎이 무성하고, 낙엽이 지고, 앙상한 가지까지 내준 뒤 나무 등걸이 되겠지만, 그 나무 등걸들은 또다시 숲을 이룰 수 있는 좋은 토양이라는 증거다. 이런 생각들을 그림으로 나타내보자 싶었다.

"하늘은 수많은 사람들이 모인 것처럼 푸른 점으로 나타내고 싶어요. 또 나무 등걸에서 빛이 흘러 산을 이루는 그림을 그리고 싶고요."

그림의 취지를 설명하며 선생님께 말했다.

"나무 등걸을 정밀하게 그리는 방법을 알려드릴까요?"

"아뇨. 빛이 모여 있는 것처럼 형상화만 할 겁니다."

선생님은 언제나처럼 말없이 그리는 대로 두셨다. 하늘을 나타내기 위해 흰색부터 조금씩 파란색을 섞어가면서 연필 뒤쪽에 물감을 묻혀 찍었다. 수백 번 이상의 반복 작업이지만, 전혀 지루하지 않았다. 내게는 정직하게 일하는 많은 이들이 내는 좋은 기운의 총합 같은 것이었다. 언덕은 노란색과 밝은 연두색으로 표현해봤다. 하지만 언덕 꼭대기에 있는 나무 등걸에서 빛이 흘러내리는 느낌을 내지는 못했다.

"나이프로 한번 그려보면 좋겠어요."

작은 힘이 모여 세상을 움직인다

조용히 지켜보던 선생님은 세 가지 모양의 나이프를 주시면서 많은 양의 흰색 물감을 팔레트에 떠냈다. 나무 등걸이 있는 부분에 흰색 물감을 두껍게 바른 뒤 나이프를 이용해 그림 아래쪽으로 밀어 내렸다.

나름의 생각을 가지고 그린 그림이었는데, 의도했던 대로 잘 나오지는 않았다. 언뜻 그저 정상에 눈이 내린 산처럼 보이기도 했다. 언덕의 색을 노란색으로 하면 형광의 느낌이 날 것 같았는데 그런 효과도 나지 않았다. 다음에는 유광 물감을 쓰거나 아예 물을 많이 묻혀 도화지에서 흘러내리는 식으로 표현해봐야겠다는 생각을 했다.

화실을 나오는데 사족격의 생각이 떠올랐다. 그래도 직업윤리를 지키며 정직하게 살면 내 개인적으로도 무언가 이익이 있어야 하지 않을까. 만일 세상이 합리적인 곳이 아니라면, 직업윤리를 지키는 이들은 '열심히 일하면 보답을 받는다'는 허상 속에서 손해만 보며 기득권층의 이익만 떠받치고 살게 될 수 있으니까.

그러다 해인사 법보전의 양 기둥에 있는 '원각도량하처(圓覺道量何處) 현금생사즉시(現今生死卽時)'라는 문구가 떠올랐다. 해석하면 '깨달음의 장소가 어디 있냐, 나고 죽는 이곳 지금'이다. 극락세계란 사후의 목적지가 아니라 내 깨달음에 따라

지금 여기가 될 수 있다는 뜻이다. 또 극락세계란 다른 이가 이끌어주는 게 아니라 내가 삶의 주인으로 서야 만날 수 있다는 뜻으로도 읽힌다. 그러니 남에게 쏠릴 필요는 없다. 새치기한 몇쯤은 우리 사회의 정화작용이 있거니와, 직업윤리를 지키다 약삭빠른 누군가에 비해 상대적으로 손해가 난들 그것쯤이야 내 마음먹기 나름이라고 생각했다.

마흔 중반,
냉소와 열정 사이 어딘가

퇴장이 예정된 삶에서 누군가는 냉소로 일관하고,

누군가는 열정으로 삶의 정수를 찾으려 한다.

나는 주로 후자를 택했고 지금도 같은 생각이다.

그런데 마흔 중반이 되니, 그간 나를 채우며 살았다면

이제는 서서히 놓으며 살아갈 날들이 남았다는 생각을 한다.

뜨거운 집착만큼 차가운 이별도 준비할 필요가 있다.

인천국제공항 근처에 있는 원더박스라는 놀이공원에 갔다. 롯데월드, 서울랜드, 에버랜드, 디즈니월드, 디즈니랜드, 유니버설 스튜디오 등 여러 놀이공원 테마파크를 섭렵한 초등학생 아이와 둘이 간 나들이였다.

3층으로 구성된 직육각형 건물 안에 놀이기구 10여 개가 있는 구조였는데, 열쇠구멍이 상징물이었다. 다른 놀이공원과 달리 표를 끊고 큰 문을 열기 전까지는 안을 아예 들여다볼 수 없었다. 마치 세상에 갓 태어난 아기처럼 문을 열고 새로운 세상으로 들어갔다.

곳곳에 수많은 전구가 불을 밝혔고 큰 벽면에 비춘 프로젝터 화면은 세상에 없는 신세계를 보여줬다. 흘러내리는 물감 줄기를 표현한 색색의 기둥은 성인 키보다 길었고, 음악은 신비로웠다. 광대 코스튬 방과 호박마차는 특출나게 정교했고, 아이들은 모습을 자유자재로 바꿔 비춰주는 마법거울 앞에서 탄성을 질렀다.

우리는 무서워 보이는 회전식 놀이기구, 범퍼카, 관람차를 타고, 공으로 인형을 맞춰 선물을 받는 게임도 했다. 아이들은 무척 즐거워 보였지만, 마흔이 훌쩍 넘은 나에게는 조금 시시하게 느껴졌다. 왜 있는 그대로 즐기지 못하는 걸까.

나는 옆에 있는 회전목마를 탔다. 쳇바퀴 도는 말 위에 앉아 올라갔다 내려갔다 하면서 흡사 짧은 인생을 사는 듯한 느낌을 받았다. 모형 말의 표정이 슬퍼 보였고, 전구로 밝게 꾸며놓은 장식물들도 한물 간 서커스단 같았다. 이제 막 원더박스에 들어온 듯한 어린아이들이 말 위에서 깔깔거렸지만, 나는 이번 회전목마를 타고 나면 퇴장할 터였다.

다시 큰 문을 열어 원더박스 밖으로 나섰다. 막상 퇴장하고 나니 즐겁게 놀지 못한 게 아쉬웠다. 아까 회전목마에서 만난 아이들은 집에 가지 않고 더 놀겠다며 부모를 조를지도 모르겠다. 누군가는 한바탕 잘 놀았다며 시원하게 큰 문을 열 것이다. 다른 누군가는 뒤를 돌아보며 애착을 쉬이 버리지 못할 테고 말이다.

어린 시절에는 인생도 기대와 궁금증으로 가득한 원더박스였다. 어떤 때는 기대를 충족해 벅찬 감정에 들떴고, 어떤 때는 왜 나에게만 이런 일이 생겼는지 예상치도 못한 악재에 한탄했다. 누군가는 큰 기쁨에도 만족하지 못했고, 누군가는 이겨내지 못할 만큼 큰 악재를 만났는데도 배움을 얻었다고 했다. 하지만 도박 같은 인생을 살든, 모험을 찾든, 쳇바퀴 도는 일상을 견뎌내든, 관람차에 타서 인생을 관망하든 시간은 가고 누구나 인생에서 퇴장한다.

온갖 장식으로 화려하고 독창적으로 보이는 놀이기구도

계속 타다 보면 간단하고 지루한 규칙으로 이뤄졌음을 알게 된다. 그네처럼 앞뒤로 흔들리든지, 열차처럼 레일을 따라 달리든지, 회전하든지, 위 아래로 오르내린다. 살다 보면 인생이 그저 그런 간단한 원리로 이루진 것처럼 보이듯 말이다.

집으로 오면서 누군가 원더박스에 대해 물으면 추천하게 될까 싶었다. 개인적으로는 즐거운 구석도 있고, 실망스러운 구석도 있는 어정쩡한 곳이었다. 그러니 가지 말라는 말도, 추천하는 말도 건네지 못할 것 같았다. 아마도 '사람마다 다르겠지, 한번 가보는 것도 나쁘지 않을 것 같다' 정도로 답할 것 같다. '인생 뭐 있나. 그냥 즐겁기도 슬프기도 화나기도 기쁘기도 하지. 한번 살아봐'라는 노년 어른들의 말과 비슷하다고나 할까.

퇴장이 예정된 삶 앞에서 통상 사람들은 냉소로 일관하거나 열정으로 삶의 정수를 찾으려 하는 것 같다. 주로 나는 열정을 골랐다. 한 번 사는 것 모두 함께 힘을 북돋워 세상을 조금이라도 더 좋은 곳을 만들자는 식이다.

지금도 같은 생각이지만 냉소와 열정 사이의 어딘가를 찾는다. 마흔 중반이 되고 보니 그간 나를 채우며 살았다면 이제는 서서히 놓으며 살아갈 날들이 남았다는 생각을 한다. 인생에 대한 뜨거운 집착만큼 차가운 이별도 준비해야 할 듯하다.

10여 년 전 우연히 만난 어른이 '우리 부부는 혼자 살아갈 날들을 위해 이별연습을 한다'고 했을 때 얼른 그 뜻을 이해하지 못했다. 부부 금실은 분명 좋아보였는데 그는 작은 시골집을 마련해 주중에 따로 지내곤 했다. 평생 함께한 배우자에 대한 일종의 배신 아닌가 싶기도 했다. 이제야 '너무 사랑해서 헤어질 날을 연습해야 하는 부부의 애뜻함'을 떠올린다. 한날한시에 손을 꼭 잡고 눈을 감고 싶다던 평소 그의 말과 같은 맥락일 수도 있는 셈이다.

무언가를 버려야 한다는 건 결국 성공, 돈, 명예 등에 집착을 버리고 일상의 평온에 감사하는, 삶을 바라보는 태도의 변화가 아닌가 싶다. 내게는 2017년 12월 서울신문 칼럼 '이별찬가'에 쓴 친구 이야기가 이런 생각을 본격적으로 하게된 계기였다.

그 친구는 "천진난만하게 웃던 모습이 사라진 게 섭섭해"라며 중2 아들 얘기를 꺼냈다. '중2병'인 듯했는데, 술이 얼큰하게 올라서 "아이 웃는 모습이 보고 싶어"라는 말을 반복했다. 후배가 먼저 승진을 했고, 전세 가격은 오르고, 애가 공부를 안 한다고 했다.

사실 그 친구는 명문대, 대기업, 쾌속 승진 코스를 밟았으니 이른바 천운의 사나이였다. 그런데 더 이상 아이처럼 웃지 못하는 스스로가 서글펐나 보다. 우리는 춥고 쓸쓸한 겨울에 인사를 내서 사람들을 괴롭히느냐고 연말 인사 탓을 했다. 나는 친구에게 '그 정도면 많이 가졌어'라고 말하려다 나도 크게 다르지 않은 것 같아 그만두었다.

부모님은 늘상 무리하게 욕심내지 말고 건강을 챙기라고 했다. 햇빛이 강하면 그림자가 짙어지고, 정상이 높으면 계곡이 깊다고도 했다. 옛 어른들은 과자 한 봉지에 기뻐 날뛰는 손자에게 "쉿! 귀신이 가져간다"며 주의를 주었다.

나도 그 친구도 큰 부자를, 큰 출세를 바라지 않는데 별일 없이 사는 것이 힘들었다. '평범하게 살라'는 건 대학, 입사, 결혼, 임신, 주택 구입, 승진, 노후 준비 등 모든 관문을 통과하라는 뜻이다. 그 과정에서 성취감에 기뻐하는 이보다 상대적 박탈감에 힘들어하는 이들이 더 많다.

나는 한 번에 '로또 1등' 같은 천운을 만나기보다 매일 모래 한 줌만큼씩의 행운을 맞고 싶다는 생각을 했다. 사람마다 평생 만나는 운수의 총량은 엇비슷하다니 말이다. 천운보다 이제는 평온한 일상을 겸손하게 맞는 연습이 필요한 때가 왔다고도 생각했다.

이런 생각을 멈추고 원더박스에서 쳇바퀴를 돌던 회전목

마의 모형 말을 그리기로 했다. 모형 말은 슬픈 듯 무관심한 얼굴로 삶의 굴곡을 오르내리며 같은 궤적을 돌지만, 속으로는 평온함에 대한 감사를 하고 있지 않을까. 그가 인생에 대해 깨달을수록 늘 도는 궤적이 다른 의미로 다가올지도 모르고, 그 누구도 부럽지 않은 평안한 하루를 맞을지도 모른다. 노을 저편으로 넘어가는 해를 추모하는 소시민의 어떤 특별한 하루처럼.

한 석학을 만났는데 그가 1만 권에 이르는 장서를 정리한 이야기를 했다. 2개월치 월급을 주고 산 가죽 표지의 귀한 책까지 버리고 보니 자신에게 남은 건 역사, 철학, 미술 분야의 책이 대다수였다고 했다. 경제, 정치, 복지 등을 논하며 평생 지냈는데, 결국은 삶에 대한 성찰이 인생의 정수였다고 말하는 것 같았다.

내가 미술을 시작한 것도 비슷한 이유가 아닐까 생각한다. 쳇바퀴를 도는 회전목마처럼 같은 궤적을 반복하며 수없이 돌고 돌며 비슷한 고민을 하고 나면 그 과정이 성찰이고, 어쩌면 삶의 정수를 만날 수 있을지 모르겠다. 그리하여 이번 그림에서 회전목마의 멋들어진 색감과 울긋불긋한 전구의 색은 모두 생략했다. 장식이 없는 날것의 회전목마를 그리고 싶었다. 인생의 날것 그대로를 표현하고픈 것 같았다.

스케치를 끝낸 뒤, 검은색 물감으로 말과 장식품들의 테두리를 그렸다. 노란색에 검은색을 약간 타서 조금은 탁한 노란색으로 만들어 전구들을 칠했다. 그리고 검은색을 조금 더 섞어 회전목마를 지탱하는 금색 봉을 칠했다. 그림 자체에는 원래 검은색과 탁한 노란색만 쓸 생각이었다. 그 외의 채색은 하지 않았다. 알록달록한 전구의 색은 바로 옆에 가로로 정리해서 칠했다. 연한 파스텔색을 칠하면서 봄바람에 날리는 꽃잎 같다고 생각했다. 그 위에 전구를 하얀색으로 표현했다. 회전목마가 파스텔톤 전구의 색감을 잃자 한편으로는 비어보이고, 한편으로는 더욱 강인해 보였다. 인생의 각종 이별이 공허함과 강인함을 동시에 쥐어주듯이.

나는 앞으로 또 어떤 것과 이별을 하게 될까. 덜 중요한 것들을 하나씩 지워본다. 돈, 집, 책, 꿈…… 결국 마지막까지 남는 건 결국 가족이었다. 가족과 아주 적은 시간이라도 조금 더 즐기는 게 내게는 평온한 일상인 듯싶다. 적어도 일주일에 3일은 세 식구가 함께 이야기를 나누며 저녁을 먹자던 우리 가족의 그 자그마한 약속을 계속 지킬 수 있기를.

금방 1년,
그림을 그리며 생각한 것

어쩌면 인생은 컬러가 아닌 흑백일지 모른다.

인생의 즐거움을 위해, 혹은 괴로움을 잊기 위해

색색으로 알록달록 치장해 보지만

결국에는 어둡거나 밝은,

인생의 본모습을 마주해야만 하는 순간이 온다.

지난해 9월 28일 아내의 손에 이끌려 처음 화실을 찾은 뒤로 금요일마다 이곳을 드나든 지 꼭 1년이 됐다. 1년 금방이다. 그저 무언가를 그려보고 싶다는 생각에 시작했는데, 그린 그림이 50여 개나 됐다. 물론 그저 초보의 습작 정도지만 내 딴에는 무슨 훌륭한 작품이나 된 듯 소중하다. 가끔은 내 아이를 쓰다듬듯 휴대전화 속의 그림들을 가족 몰래 열어보고 흐뭇하게 미소를 짓는다.

졸작을 보고도 뿌듯한 이유는 간단하다. 그림은 일기다. 인스타그램이나 페이스북, 블로그 같은 데 써 놓은 글이 아니라 아무도 모르는 상자 안에 고이 모셔놓은, 두꺼운 하드보드 표지에 작은 자물쇠까지 달린 일기장에 볼펜을 꾹꾹 눌러 정성껏 쓴 일기다. 그림마다 당시의 생각과 삶에 대한 태도, 그날의 기분, 결심 같은 것들이 갖가지 형상으로 새겨져 있다.

직접 그린 그림이지만 가끔은 그 안에서 낯선 나를 발견한다. 깨달음이 없이 사는 세상은 불이 붙은 집이요, 그 안에서 벗어나지 못하면 인생의 깨달음이 시급함을 알 수 없다는 내용의 불교 서적을 읽은 뒤, 새빨간 박스를 수없이 그린 그림을 보다가 이런 생각도 했었구나 싶었다. 또 요가의 명상에 빠져 손끝으로 기의 물리적 흐름을 느낀 경험을 담아낸 그림을 보면서 내가 모르는 영역을 더 찾아보고 싶다는 생각을 했다. 그저 무작정 그렸다고 생각했는데, 1년이 지나고 보니 그림 학습에는 나름 일정한 과정이 있었다.

가장 먼저 배운 '연필로 선 긋기'는 단순한 작업의 반복인 줄 알았다. 일견 지루했다. 하지만 단순하다고만 할 수 없는 게 진하게, 연하게, 두껍게, 얇게, 거칠게, 부드럽게, 길게, 짧게, 대담하게 등 여러 방식이 있고 선의 형태를 혼합하는 방식에 따라 세상 오만 가지를 맛깔나게 표현할 수 있다. 또 선을 일정 길이로 긋다 보면 사각사각 연필심 닳는 소리가 가볍게 치는 목탁 소리처럼 들리기도 하고, 가끔은 머리의 지시 없이 손이 자발적으로 움직이는 나름의 무아지경에 빠지기도 했다.

화실을 드나든 지 2주째 선이 모여 면이 되듯 연필로 네모, 세모, 동그라미를 그렸다. 면은 자연스럽게 명암을 지닌다. 구의 명암도 직선의 조합으로 표현하는 게 원칙이다. 다만, 연필심을 칼로 갈아내 흑연가루를 만들고 구 위에 올려놓은 뒤 손가락으로 적절히 칠해도 명암을 표현할 수 있다. 처음에는 흑백으로 단순화해 명암을 나타내고, 3단계 명암으로 구분한 뒤에 5단계로 세분화해 그렸다.

명암 그리기에 빠지면 일상의 모든 것들이 진한 덩어리,

연한 덩어리, 밝은 덩어리의 조합으로 보인다. 세상이 일견 단순해지고, 모든 일에는 밝음과 어둠이 동시에 깃든다고 느꼈다. 계단을 오를 때 사각 계단은 삼각 그림자와 삼각 하이라이트의 집합체로 보이고, 은색 주전자는 몇 개의 하얀 선과 회색 선, 검은 선의 조합으로 보인다. 어쩌면 인생도 컬러가 아닌 흑백일지 모른다고 생각했다. 인생의 즐거움을 위해, 혹은 괴로움을 잊기 위해 색색으로 치장해 보지만 결국 어둡거나 밝은, 단순한 인생의 본모습을 마주해야만 하는 순간이 온다.

1개월이 지나고 마침내 면을 모아 입체를 그리기 시작했다. 도구는 연필 한 자루였지만 1년 내내 가장 뿌듯한 순간이었다. 바닥을 기던 아기가 첫 걸음마를 하는 순간이었고, 크게 과장하자면 인간이 달에 첫 발자국을 찍는 기분이었다. '그림에 재능이 없으면 어떻게 하지?'라는 의심이 '그림을 취미로 삼을 수 있을지도 모른다'는 가능성으로 바뀌는 순간이었다.

소묘 중에 인물이 가장 어렵다는 선생님의 설명에도 나는 처음부터 사람에게만 관심이 있었다. 말이 아닌 오묘한 표정이나 몸짓을 나타내고 싶었다. 하지만 인체의 비율과 형태를 조화롭게 그리기는 매우 어려웠다. 선생님은 사람의 형태를 인식하지 말고 돌덩이를 그리듯 하라고 조언했다. 지금도 스케치를 하면서 형태가 잘 안 그려지는 듯하면 떠올리는 말이다. 돌덩이라 생각하고 사람의 형태를 그린 뒤 바라보면 처음부터 사람을 그리려고 노력한 것보다 더욱 흡사한 그림이 완성된다. 물질이 근본적인 실재이고, 마음이나 정신은 부차적이거나 파생적이라는 유물론이 설득력을 얻는 순간이다.

연필 소묘를 총 3개월간 배웠다. 빨리 실력이 늘었으면 해서 학교 숙제를 하듯 틈나는 대로 연습장에 각종 물건들을 그려댔다. 물론 재미가 아예 없었다면 불가능한 일이었을 게다. 또 빨리 원하는 그림을 그리려고 소묘 연습에 매진하다가 스트레스를 받은 적이 없다면 거짓말이다. 그럴 때마다 가족은 취미로 그림을 배운다는 사실을 일깨워줬다. 선생님 역시 중년 남성의 때늦은 열성을 칭찬하면서도 '입시 미술'을 하는 게 아니라는 점을 분명히 했다. 목표는 잘 그리는 게 아니라 원하는 것을 자유롭게 표현하는 방법을 익히는 것이고, 이를 가능케 할 정도의 가장 기본적인 표현법만 배우면 된다고 했다. 취미로 그림을 그리는 것이니 자신의 작품을 하나씩 완성하며 느끼는 즐거움이 더 중요하다고도 했다.

이후 9개월간 통상 일주일에 한 작품씩 완성했다. 물론 당일 완성하지 못한 작품은 몇 주가 걸리기도 했다. 수채화를 그릴 때는 맑은 기운에 함께 가벼워지는 듯했고, 물기 없이 아크릴 물감을 캔버스에 덧칠할 땐 그 두텁고 찐득한 질감에 의식의 저편으로 침잠하는 것 같은 기분도 들었다.

초기에는 머릿속 생각을 그리는 게 즐거웠다. 그럴 때 그림이라는 도구는 글보다 함축적이었다. 굳이 글과 비교하자면 산문보다는 시와 같다. 이병기의 시 〈낙화〉가 떠올라 꽃잎이 흩날리는 그림을 그리고, 직업윤리를 생각하다가 짧은 소설 『아낌없이 주는 나무』에 생각이 닿았다.

그림을 그릴 땐 김동명의 시 〈내 마음은〉 중에서 "내 마음은 호수요, 그대 저어 오오. 나는 그대의 흰 그림자를 안고, 옥같이 그대의 뱃전에 부서지리다"라는 문구가 간혹 떠올랐다. 그림은 마음을 반영하는 호수요, 그림이 내게 저어온다. 내가 도화지에 무언가를 그리는 게 아니라 도화지에 이미 새겨져 있는 내 마음속 그림이 노를 저어 오듯 도화지 위로 부상하는 것 같았다.

데이비드 호크니의 일명 '수영장 그림'에 감명받아 며칠간 왜 좋은지 탐구한 뒤 모방하는 작업도 재미있었다. 오키나와 호텔에서 내려다 본 수영장 속 연인을 충동적으로 사진

커피 한 잔의 사치

으로 찍은 뒤 화폭에 담고 보니, 내가 본 풍경은 호크니의 그 것과 맞닿아 있는 듯했다. 좋아하는 그림이 부지불식간에 시 각을 점령했구나 싶었다. 여행을 다니고 일상을 보내는 동 안, 생각 없이 부딪히면서 보고 듣는 많은 것들이 결국 나를 이루는 요소가 되었던 셈이다. 쇠를 달구고 때리는 노동자의 얼굴이 강철처럼 굳은 의지를 담은 것처럼 보이는 것도, 늘 상 산과 함께 기도를 하는 고승이 너그러운 눈빛을 품은 것 도 같은 이유가 아닐까 싶었다.

사회 문제에 대한 생각들을 표현하는 것은 기사를 쓰는 일과 흡사했다. 일종의 삽화나 만평을 그리는 것 같기도 했 다. 일자리가 부족한 저성장 사회에서 겨우 커피 한 잔의 사 치에 만족해야 하는 젊은이들의 처지는 물이 새는 종이컵에 커피를 붓는 것으로 표현했다. 선반에는 빚 없이 월급으로는 사기 힘든 자동차와 집이 모형으로 놓여 있고, 커피 한 잔 외 에 가진 것이라고는 휴대전화와 블루투스 스피커뿐인 현실 을 그렸다. 또 인공지능 시대를 생각하며 인간과 컴퓨터 중 누가 진짜 창조자인지 구글이 보여주는 스트리트뷰의 멋진 풍경을 그대로 그림으로 옮겨 보았다. 개인적으로는 앞으로 좀 더 집중적으로 그려보고 싶은 분야다. 사회의 모순과 부 조리에 고통받는 서민들의 모습, 기술에 소외되는 삶, 낮은 사회적 자본에서 비롯된 제도에 대한 불신이 만들어낸 풍경을 담아보고 싶다.

그림이 취미가 된 걸까? 우선은 그런 셈이다. 슬프거나 화가 날 때 연필을 잡고, 그림을 그리며 평정심을 되찾곤 하니 말이다. 일생 동안 취미를 찾지 못하고 메뚜기처럼 이 취미에서 저 취미로 뛰어 다닌 것을 감안하면 감사한 일이다. 하지만 취미를 갖는 건 거창하기보다는 사뭇 우연이나 별 의도 없는 과정이었다. 그림을 취미로 만들겠다고 결심한 것도 아니고, 명화를 그려내겠다는 목표도 없었다. 삶은 팍팍해지고, 인생은 의미를 잃어가고, 일에 대한 열정은 슬슬 사라져가니 다른 세계가 필요한 상황이었다. 밤늦게 퇴근해 술자리도 취재의 연속이라고 술에 취해 새벽에 들어오는 일이 급격히 줄어들면서 자연스레 평소에 하고 싶던 미술로 관심이 쏠렸던 거였다.

그럼에도 취미의 힘은 은은하지만 강했다. 강을 수집하는 게 취미라던 버트런드 러셀은 딴짓이 일에 대한 열정을 다시 지핀다고 했다. 직장에서 극도의 스트레스를 받을 때 나는 사람의 혀처럼 생긴 꽃이 갈라진 콘크리트에 핀 것을 그리며 위기를 넘겼다. 그림으로 나타내려 고민하다 참기 힘든 사람도 결국 내가 나를 돌아보게 하는 꽃이라고 생각

전쟁 같은 삶 축제 같은 인생

했고, 누군가 성과를 알아주지 않아 힘들 때는 씨가 땅을 고르는 게 아니라 결국 땅의 기운이 수많은 씨앗 중 그에 맞는 것을 찾아낸다고 생각했다. 성과는 내가 만들 수 있지만 인정은 그때의 환경이 하는 것이다. 언젠가 삶이 전쟁 같다며 피곤해했던 날 'WAR IS OVER'라는 현수막 뒤로 로켓이 폭죽처럼 날아가는 그림을 그렸다. 전쟁 같은 삶과 축제 같은 인생은 보기 나름이니 어쩌면 종이 한 장 차이라고 생각했다.

그림은 감정을 쏟아 붓는 용광로의 역할을 했다. 분노에, 우울함에, 두려움에, 기쁨에, 아름다움에 대한 탄성으로 한참을 그리고 나면 평온함이 찾아왔다. 나이가 들면 주말에 산과 나무를 봐야 다음 주를 버틸 수 있다는 한 선배의 말처럼 다른 곳에 정신을 빼앗기는 것은 다음 한 주간 일에 매진할, 이른바 열정을 되찾아준다. 끈기가 없어 취미를 갖지 못한다면 그건 끈기 때문이 아니라 자신의 정신을 온전히 빼앗기는 경험과, 거기에서 나오는 효험을 느끼지 못해서인 듯하다. 효험이 있으면 엄청나게 쓴 보약도 금방 중독된다.

다음 그림은 고요한 산사를 떠올리고 있다. 가족이 함께 쉬며 산의 정기를 느낄 수 있는, 한껏 게으른 공기가 흐르는 그런 곳을 상상하고 있다. 바늘 없는 낚싯대를 웅덩이에 내리고, 가마솥에는 황태국이 넘치고, 마루 위에 걸터앉아 구름의 속도보다 늦게 미소를 짓는 어딘가를 꿈꾼다. 그림 속에서 세상에서 완전히 단절되어 정처 없이 산책하듯 헤매다가 다시 일을 해야 하는 일요일을 맞을 것이다(기자는 주로 금요일과 토요일에 쉰다).

무채색
아저씨,
행복의
도구를
찾 다

초판 1쇄 인쇄 2022년 3월 28일
초판 1쇄 발행 2022년 4월 10일

지은이 이경주 펴낸이 김종길 펴낸 곳 글담출판사

기획편집 이은지·이경숙·김보라·김윤아 영업 김상윤
디자인 박윤희 마케팅 정미진·김민지 관리 박지웅

출판등록 1998년 12월 30일 제2013-000314호
주소 (04029) 서울시 마포구 월드컵로 8길 41(서교동)
전화 (02) 998-7030 팩스 (02) 998-7924
페이스북 www.facebook.com/geuldam4u 인스타그램 geuldam
블로그 http://blog.naver.com/geuldam4u

ISBN 979-11-87147-93-0 (03810)
＊ 책값은 뒤표지에 있습니다.
＊ 잘못된 책은 구입하신 곳에서 바꾸어 드립니다.

만든 사람들_____
책임편집 김보라 디자인 디자인_su: 교정·교열 윤혜숙

글담출판에서는 참신한 발상, 따뜻한 시선을 가진 원고를 기다리고 있습니다.
원고는 글담출판 블로그와 이메일을 이용해 보내주세요. 여러분의 소중한 경험과 지식을 나누세요.
블로그 blog.naver.com/geuldam4u 이메일 geuldam4u@naver.com